訳文庫

ジーキル博士とハイド氏

スティーヴンスン

村上博基訳

kobunsha classics

光文社

Title : STRANGE CASE OF DR JEKYLL AND MR HYDE
1886
Author : Robert Louis Stevenson

『ジーキル博士とハイド氏』目次

ジーキル博士とハイド氏

キャサリン・ド・マトス*に

神意により結ばれたものを解くのは間違いだ
ぼくたちはいつまでもヒースと風の子でいよう
故郷を遠くはなれても　ああ　いまも北の国では
きみとぼくのためにエニシダが繚乱と咲いている

*旧姓キャサリン・スティーヴンスン。作者のいとこで幼友だち

戸口の話

弁護士のアタスン氏は、岩を削ったような顔立ちで、その顔に明るい笑みがさすことはついぞなかった。ものいいはそっけなく、言葉すくなく、訥々《とつとつ》としていた。感情をおもてに出さない。痩《や》せて、長身で、垢抜けず、陰気で、それでいてどこか憎めないところがあった。気のおけない集まりなんかで、出されたワインが口に合うと、なにかこう、すこぶる人間的なものが、その目から輝き出る。なにかとしかいいようのないそれは、しゃべる口調に出ることは決してないが、夕食後のものいわぬ面貌《めんぼう》に見られるだけでなく、日々の行動には、もっとひんぱんに、雄弁にあらわれた。彼は身を厳しく律し、自分ひとりのときは趣味のワインも我慢して、もっぱらジンを飲んだ。芝居好きだが、劇場にはもう二十年も足を向けていない。しかし、他者への寛容は人も知るところだった。ときには、非道を働く人の旺盛な精神力に舌を巻き、羨望《せんぼう》すら覚えた。どんな極悪の犯罪者でも、力にこそなれ咎めはしなかった。「わたしは異端者カインに与《くみ》する」というのが、ちょっと変わった口癖だった。「どうしても悪魔のもとへ行きたいやつは、弟だって行かせてやる」そんな人柄だから、往々にしてそういうめぐり合わせになるのか、転落する人々にとって、彼は最後の良き相談相手、最後のすぐれた感化力になった。そういう人々にたいしては、むこうから事務所を訪ねてくるかぎり、日ごろの態度をいささかも変えなかった。

アタスン氏にとって、それはなにもむずかしい芸当ではなかった。彼は感情を、せいぜいおもてに出さないだけだから、友人付き合いも、やはり善意からくる受容力に根ざしているようだった。出来合いの交友サークルを、機会がさしだすままに受け入れて拒まないのは、謙虚な人のつねである。この弁護士もそうだった。仲のいい友人は皆、身内か、旧知の間柄だった。彼の友愛の情は、蔓草《つるくさ》のように年月かけて育ったもので、相手が友たるにふさわしいとはかぎらなかった。彼をリチャード・エンフィールド氏に結びつけたのもまさしくそれで、遠縁にあたるエンフィールド氏は、だれもが知る遊び人である。そのふたりが、たがいのどこが気に入ったのか、どんな共通の関心事を見いだすのか、首をかしげる人はすくなくなかった。日曜日の散策中に出会った人の話では、ふたりとも口をきくでなし、なぜかつまらなそうなのに、ひょっくり出くわした友人には大声であいさつし、それがいかにもほっとした様子なのだという。にもかかわらず、ふたりの男にとって、その外歩きはなによりのたのしみで、週のいちばん大切な行事にしていた。うれしい機会は予定に組み込んでおくだけでなく、途中で邪魔されたくないから、仕事の話にもおいそれとは応じなかった。

ある日のそんな散歩は、ふたりをロンドンの繁華な地区の裏通りへ連れて行った。狭い、しずかな通りという評判のわりに、平日の商売はなかなか繁盛していた。どこも景気がよさそうで、さらによくなりたい一心で、儲けの余りを外観の美麗に使っていたから、どの店先も軒並み、愛想のいい売り子がならんだみたいに、客を招く雰囲気に満ちていた。そんな派手派手しさが消える比較的人出のすくない日曜でも、薄汚れた一画のその通りだけは、森のなかの焚き火みたいにきわだった。シャッターはきれいに塗装され、真鍮部分はよく磨かれ、全体の清潔感と明朗さが、即座に通る人の目を引いてたのしませた。

東に向かって左側、とある角から二軒目にきて、商店のつらなりはとぎれ、袋小路の入口になっていた。そこにはなんだか陰気な感じのする建物が、通りに切妻壁を向けて建っていた。二階建で、窓はひとつも見えなかった。下の階には入口ドアのほかなにもなく、二階はただのっぺりした、薄汚れた外壁だけで、長らくなおざりにされた様子が、いたるところに汚くしみついていた。ドアには呼び鈴もノッカーもなく、色あせた塗料はぶつぶつ泡粒をこしらえている。奥まった入口には、浮浪者がうずくまって、ドア板でマッチを擦り、子どもが石段で店屋《みせや》ごっこをし、悪童連が腰板の飾り縁《ぶち》でナイフの切れ味を試した。もうかれこれ三十年、だれかが出てきて、そんな雑多な訪問者を追い払うでも、荒らされた個所の修理をするでもなかった。

エンフィールド氏と弁護士は、道路の反対側を歩いていたが、その入口の真向かいにくると、エンフィールド氏がステッキを上げてさした。

「あの戸口を気にとめたことがあるか」とききく、連れがうなずくと、「じつはあれはわたしの頭のなかで」とつづけた。「ある奇怪千万な物語と結びついているんだ」

「ほう」アタスン氏の口ぶりに、かすかな変化が生じた。「どんな物語だ」

「こうなんだ」エンフィールド氏は語りはじめた。「ある冬の日、まだ真っ暗な午前三時ごろ、浮世のはずれみたいなところから帰ってきて、街灯のほか文字どおりなにも見えないところを歩いていたんだ。通りという通り、人みな寝しずまって、なにかの行列がはじまるみたいに灯がともり、教会のようにがらんとして——しまいにはあの心持ちになったよ、ほら、耳をすまし、じっとすまし、どこかに警察官の姿が見えないかと祈る気持ちになるじゃないか。そのときだ。とつぜんふたつの人影が見えた。ひとつは小柄な男で、荒々しい早足で東に向かっている。もうひとつは八つないし十ぐらいの女の子で、交差する通りを懸命に走ってくる。当然ふたりは交差点でぶつかったが、いうも恐ろしいのはそのあとだ。男は倒れた少女を平然と踏んづけ、泣き叫ぶのを路上にのこして立ち去った。耳できくだけならなんでもないが、目に見せられてはたまらない。あれは人間じゃない。まるで人を踏みつけて進む凶暴な山車《だし》だ。わたしはひと声どなって駆け出し、その男をとっつかまえてもどると、大声で泣く少女のまわりには、はやくも人があつまっていた。男は落ち着き払ったもので、なにも抵抗しなかったが、わたしにじろりとくれたものすごい目つきには、汗が吹き出して流れたよ。かけつけた人たちは女の子の家族で、まもなく医者もあらわれ——じつは少女はその医者を呼ぶ使いに出ての帰りだったんだ——診たところ、子どもの状態は大したこともなく、ただおびえているだけとわかったから、どうやらそれで騒ぎはおさまったと思うだろう。だが、ひとつ意外なことがあった。わたしはその男をひと目見て憎しみを覚えた。きっと子どもの家族もそうだったろうし、それは当然だ。ところが、おやと思ったのは医者だ。どこにでもいるふつうの医者で、年格好や顔立ちに格別注意を引くところはなく、エディンバラ訛《なま》りが強かったが、あまり感情をむきだしにする人物には見えなかった。ところが、われわれほかの者と変わらないんだ。捕まった男に目をやるたび、わたしには医者の顔が、そいつにたいする殺意で青ざめるのがわかった。わたしは彼の胸中を読み取り、彼もわたしの気持ちを察した。まさか殺しもならず、ふたりで次善のことをやった。われわれは男に、これを大事《おおごと》にすることもできるし、してもいいんだ、なんならおまえの名をロンドンの端から端まで芬々《ふんぷん》とにおう悪名にしてやろうか、といった。おまえにも友人がいて、どこかにいくらかでも信用があるなら、それをぜんぶ失わせてやると請け合った。そうやって激しく言いたてるあいだずっと、われわれは極力そいつには女たちを寄せつけなかった。女の激越さは、われわれ男の比ではないからね。わたしはかつて、それほど憎悪に燃える顔に囲まれたことはないが、その輪のなかにいる当の男は、どこか陰険な、人を見下すような冷静さを保ち――内心びくついてもいることはわかったが――悪魔じゃないかと思うほど動揺を見せなかった。『きみたちが、このアクシデントでひと稼ぎする気でいるなら』と、やつはいった。『わたしにはどうしようもない。いいだろう、紳士ならだれもめごとを好まないから、いうがいい、いくらほしい』そこで子どもの家族を思い、百ポンドとふっかけると、明らかにしぶる様子だったが、見くびれぬ相手と見てか、結局はのんだ。つぎは金の受け取りだが、そいつがわれわれを連れて行ったのが、どこあろう、あの戸口だ。男は鍵を取り出すと、あけてはいり、すぐまた出てきた。現金で十ポンド、のこりはクーツ銀行の持参人払い小切手で、署名者はじつはこの話の肝心な点のひとつなんだが、名を明かすわけにはいかない。世間に知られた、よく新聞にも出る名であることはたしかだ。高額小切手だが、もしもその署名が本物なら、それ以上でもらくに信用される。わたしはいってやったよ。なんだかキナくさい気もするが、実際問題として、ふつう人は午前四時に地下貯蔵庫みたいな入口をはいり、他人名義の百ポンド近い小切手を持って出てきもしまい、とね。だが、そいつは動じるふうもなく、薄笑いをうかべて、『心配しなくていい』という。『いっしょに行って、銀行があくのを待ち、わたしが小切手を現金化しようじゃないか』そこで全員打ち連れて出かけた。医者、子どもの父親、くだんの男、そしてわたしだ。四人はわたしのところで夜を明かし、朝食をすませてから、一団となって銀行に繰り込んだ。小切手はわたしが窓口に出して、これはどう考えても偽造らしいといってやった。ところが大違い。まぎれもない本物だった」

これにはアタスン氏も納得できず、舌打ちをした。

「同感だろう、きみだって」エンフィールド氏はいった。「いかにも胡乱《うろん》な話だ。くだんの男は、だれもかかわりを持ちたくない相手、見下げ果てたやつだ。ひきかえ小切手振出人は人格識見すぐれ、著名人でもあり、（そのうえまずいことに）世のためになることをしている。となると、もしやゆすりではないか。立派な人物が、若気のいたりでしでかしたことを種に、法外な金をゆすられているんだ。そういうわけで、わたしはあの戸口の家を《ゆすりの家》と呼んでいる。とまあ、いってみても、なんの説明にもならないがね」ひとこといいそえ、そのあとは考え込むふうだった。

その黙想から彼を呼び覚ましたのは、アタスン氏のやや唐突な問いだった。「で、小切手振出人が、あそこの住人かどうかはわからないのか」

「当然住人だと思うだろう」エンフィールド氏はいった。「しかし、ひょんなことで、その人の住所を目にしたことがある。たしかどこかの広場だった」

「人にきいてみたことはないのか——あの戸口の家のことを」と、アタスン氏。

のはいやなんだ。どうも最後の審判の日の様相を連想していけない。ひとつの問いかけは、石ころをひとつ転がすのに似ている。自分は丘の上にのんびりすわっている。そのうち石は転がって、べつの石にあたり、石はつぎつぎにぶつかり転がって、やがて自宅の庭にいる（まさかと思うような）おとなしい老人の頭にあたり、累一族におよび、名まで変える破目になる。だから、わたしはなにもきかない主義だ。なにやらいわくありげなときは、なおのこと」

「ないよ。慎みってものがある」という返事だった。「わたしは人のことを穿鑿《せんさく》する

「ほめられていい主義だ」弁護士はいった。

「だが、あの家をよく観察してみたよ」エンフィールド氏はつづけた。「あれでも人の住む家だろうか。あそこ以外に入口はなく、だれもあそこを出入りせず、ごくまれに、わたしがやりあったあの男を見かけるだけだ。二階には、袋小路に面した窓が三つある。階下にはひとつもない。窓はいつも閉まっているが、汚れてはいない。それから煙突があって、たいてい煙を出しているから、だれか住人がいるのはたしかだ。しかし、はっきりしたことはわからない。というのが、袋小路の建物はびっしりつながっていて、どこが一戸のおわりで、どこがはじまりか、見きわめがつかないんだ」

ふたりはしばらく押し黙って歩きつづけた。やがてアタスン氏が、「エンフィールド」と呼びかけた。「たしかにほめられていい主義だよ」

「うん、自分でもそう思う」エンフィールド氏は応じた。

「ではあっても」と、弁護士は語を継いだ。「ひとつだけききたいことがある。子どもを踏みつけていった男の名だ」

「そうだな」と、エンフィールド氏。「教えてもさしつかえはないだろう。男の名はハイドという」

「ふむ。見た目、どんな男だ」

「口ではうまくいえない。見たところ、どこかふつうじゃないんだ。なにか不快な、厭《いと》わしいとしかいいようのないところがある。あれほどいやな男を見たのははじめてだが、どうしてかといわれると、よくわからない。きっとどこかにふつうではない部分があるんだ。具体的にどことはいえないが、強く訴える異形《いぎょう》の感じがある。見るからに尋常じゃないんだが、どこが異常とはいえない。だめだ、わたしには無理だ。あの男を言葉で形容することはできない。といって、記憶が薄れたからじゃない。いまだって、あの姿は目の前にまざまざうかぶ」

アタスン氏はまたしばらく黙りこくって歩き、なにか心を決めかねているふうだった。「家にはいるとき、たしかに鍵を使ったのか」ようやくそうきいた。

「なにをまた……」エンフィールド氏は、唖然《あぜん》とした顔になった。

「わかってるよ」と、アタスン氏。「変に思うだろう。なにを隠そう、もうひとりの当事者の名をきかないのは、すでに知ってるからだ。リチャード、きみの話は納得できた。どこか故意にぼかした点があるなら、はっきりさせておいてもらおうか」

「知ってるなら知ってると、最初にいってほしかったな」ちょっと機嫌をそこねたみたいにいった。「しかし、わたしの話は正確そのものだ、こだわりすぎといってもいいほどに。あの男、たしかに鍵を持っていた。いや、いまも持っている。現についー週間ほど前、使うところを見た」

アタスン氏は深々とためいきをついたが、なにもいわなかった。年下の男は、すぐにまた口をひらいた。「口を慎むことの、またしても教訓だな。われながらおしゃべりで恥ずかしい。もうこの件は二度と持ち出さないことにしないか」

「いいとも」弁護士は応じた。「握手だ、リチャード」

ハイド氏さがし

その夜、アタスン氏は思い屈して独りずまいの家に帰り、夕食のテーブルについたが、食欲はなかった。いつも日曜には、食後は炉端にかけて、読書机に辛気《しんき》くさい神学の書などひらき、近くの教会の鐘が十二時をつげると、顔つき厳しく、内心ほっとして、寝につくのが習慣だった。だが、その晩は、食事の後かたづけがすむのを待って、ろうそくを灯して執務室にはいった。そこで金庫をひらき、そのいちばん秘密な箇所から、封筒に《ジーキル博士の遺言状》と上書きされた書類を取り出すと、椅子に腰かけ、眉根を寄せて、内容の検討にとりかかった。遺言状は全文本人の真筆だった。アタスン氏は、作成された遺言状の保管は引き受けたが、作成には一切手をかすことを拒んだからである。書面には、医学博士、民法学博士、法学博士、英国学士院会員、等々、ヘンリー・ジーキル死亡の節は、全財産をその〈友人にして理解者〉たるエドワード・ハイドに贈与するとあり、なおかつジーキル博士の〈失踪もしくは三か月以上にわたる理由不明の不在〉の際は、前記エドワード・ハイドが、前記ヘンリー・ジーキルの財産をば速やかに、博士宅の使用人らへの少額の支払いのほか、いかなる義務も負担も負うことなく継ぐことを定めていた。この書類はかねてから、弁護士の煩《わずら》いになっていた。弁護士としてだけでなく、人の世の正気かつ通常なる面を愛し、突飛を不謹慎と心得る男としては、愉快なことではなかった。今日までは、彼の不快感を増大させたのは、ハイド氏に関する自分の無知だった。いまやとつぜん、逆に知識がとってかわったのだ。その名がただの名で、それ以上なにも知りえなかったときからすでに不快だったのが、嫌悪すべき属性がつくようになって、不快感はきわまった。長いこと視界を覆っていた、移ろい流れる茫漠《ぼうばく》たる霧のなかから、卒然、悪魔の姿がくっきりとあらわれ出たのだ。

「いままでは狂気だと思っていたが」つぶやきながら、彼は忌まわしい書類を金庫にもどした。「こうなるともう恥さらしだ」

そういって、ろうそくを吹き消すと、大外套をはおり、医学の牙城、キャヴェンディッシュ・スクウエアへ足を向けた。そこには友人の一流開業医、ドクター・ラニヨンが自宅で医院を営み、ひきも切らぬ患者を診察していた。〈知る人がいるとすれば、ラニヨンだろう〉と、彼は思った。

謹厳な執事は彼を知っていて、快く迎え入れた。待たされる間《ま》をおくことなく、玄関からまっすぐ食堂に通されると、ラニヨン博士がひとりでワイングラスをかたむけていた。ほがらかで、健康で、身だしなみよく、赤ら顔にもしゃもしゃの若白髪、態度物腰に磊落《らいらく》と自信のあふれるジェントルマンだった。アタスン氏の顔を見ると、ぱっと椅子を立ち、両手を広げて歓迎した。その愛想のよさは、彼のばあい、いささか芝居がかって見えても、偽りない心情に発していた。このふたり、友人としての仲は古く、小学校から大学までいっしょで、自尊心もあるが相手を敬い、そういう間柄にかならずしもともなわぬことだが、ともに過ごす時間を心おきなくたのしんだ。

ひとしきり談笑してから、弁護士は、頭を不快に占めている問題を切り出した。

「なあ、ラニヨン。われわれふたりは、ヘンリー・ジーキルのいちばん古い友人《オールド・フレンド》じゃないだろうか」

「もっと若い友人《ヤング・フレンド》だといいんだが」ラニヨン博士はけらけら笑った。「まあそうだろうな。で、それがなにか。いまはさっぱり会うこともないが」

「そうなのか」と、アタスン氏。「共通の天職で結ばれた親密な仲と思ったが」

「以前はね」というのが返事だった。「だが、ヘンリー・ジーキルのあの異様さについていけなくなって、もう十年以上になる。あの男、ふつうではなくなった。考えることがふつうじゃないんだ。むろん昔のよしみで、いまも心にはかけているが、会うことはない。ふっつり会っていない。あんな非科学的なたわごとばかりきかされてみろ」と、医師はいい足し、急に暗い怒色をみなぎらせた。「どんな莫逆《ばくぎゃく》の友だって、心ははなれる」

その小さな怒りのほとばしりは、アタスン氏をなぜかほっとさせた。〈なにか医学上のちょっとしたことで、見解の相違があるだけなんだ〉と思い、弁護士だけに譲渡問題などではべつとして学術的熱意は持たないから、〈それだけのことだ〉と重ねて思った。彼は友人に、冷静さをとりもどす数秒間をあたえてから、そもそもの来訪目的である問題を持ち出した。「彼の法定相続人に会ったことはあるか――ハイドという男だが」と、彼はたずねた。

「ハイド?」ラニヨン博士はききかえした。「いや、きかぬ名だ。われわれが親密だったころもきかなかった」

弁護士が自宅の寝床へ持ち帰った情報はそれだけだった。彼は暗い大きなベッドで輾転反側《てんてんはんそく》し、深更《しんこう》が未明に変わるまで眠れなかった。思い惑う心をなだめてくれる夜ではなく、頭は暗闇のなかで無数の疑問に取り巻かれて、苦しい回転をつづけた。

自宅に近くて便利な教会の鐘が六時をつげても、アタスン氏はまだ頭を悩ませていた。ここまでは事は彼の理性に訴えていただけだが、いまや想像力もかりだされ、というより酷使されていた。カーテンを引いた室内は夜の暗闇で、そのなかで彼はしきりに寝返りを打った。脳裏にエンフィールド氏の話が、照明入りの絵巻物になって流れた。夜の都会の灯火をちりばめた大平原が見える。そこへせかせか歩く男の人影と、使いに行った医師のところから走り出た子どもがあらわれる。両者はぶつかり、二本足の凶暴な山車《だし》は子どもを踏みつけ、子どもが泣き叫ぶのもかまわず先へ行く。あるいは富裕な家の一室が見え、自分の友人が寝ていて、夢を見てほほえんでいる。と、寝室のドアがあき、ベッドのカーテンが引きあけられ、友人が眠りからはっと覚めると、見よ、かたわらにうっそり立つ人影があり、その影がどんな力を有するのか、友人は起き上がり、命じられるままに従わなくてはならない。そのふたつの場面に登場する人影は、夜っぴて弁護士につきまとった。とろりと寝入ったかと思うと、眠れる家々を忍びやかにすりぬけて行く影法師が見え、その動きは速まり、さらに速まり、目くらむばかりになり、灯のともる街のしだいに広がる迷路をくぐり、辻々で女の子とぶつかって倒し、泣き叫ばせたまま立ち去る。それでもまだ影法師は、見覚えようにも、顔を持たない。夢のなかでも顔はない。一瞬、はっきりしない顔がアタスン氏を戸惑わせてから、目の前で溶けて消えるということもない。そこで弁護士の頭のなかに、実物のハイド氏の顔立ちを見たいという、ばかに強い、度はずれた好奇心がわき起こって、みるみるふくれあがる。一度でも実物を目にすることができたら、不可思議な対象をしかと見定めたときのつねで、あっさり謎は薄れ、完全に消えてしまう気がするのだ。もしかすると、友人の妙なこだわり、というか義務感（どう呼ぶもい い）の理由、遺言状のおどろくべき条項の理由も、見えてくるかもしれない。すくなくともそれは、一見に値する顔だろう。なにしろ憐憫《れんびん》の情を持たぬ男の顔であり、ちらと見せただけで、あのだれにも動かされぬエンフィールド氏の心のなかに、消えやらぬ嫌悪の念を起こさせる顔なのだから。

それ以来アタスン氏は、商店のならぶ裏通りのその戸口をしきりにうかがうようになった。朝は仕事前に、日中は仕事をかかえ多忙な真昼に、夜は霧にかすむ都会の月の下で、日夜の光をえらばず、無人と雑踏の時をえらばず、自分で定めた位置に立つ弁護士の姿が見られた。

〈むこうが隠れる男《ミスター・ハイド》なら〉と、彼は胸中つぶやいた。〈こちらはさがす男《ミスター・シーク》だ〉

その忍耐がついに報われた。ある晴れた、空気の乾いた夜だった。あたりに寒気がみなぎり、路面は舞踏場のフロアのようにきれいで、どんな風にも揺るがぬ街灯が、光と影の幾何学模様を描いていた。十時には商店はぜんぶ閉まり、人影のとだえた裏通りは、四方からロンドンの底深いうなりが伝わるのに、それでいて妙にひっそりしていた。ときに遠くの小さな物音が耳にとどく。家々の家庭的な物音や人声が、通りのどちらの側でも明瞭にききとれる。どんな歩行者のやってくる気配も、ずいぶん前から本人に先行する。アタスン氏が位置について数分たったとき、どこかふつうとちがう、軽い足音が近づくのがきかれた。彼は夜回りをするようになったはやい時期から、このひとり歩きの足音の不思議な効果に気づいていた。まだ距離は遠いのに、それは都会の底深いうなりと雑音のなかから、とつぜんはっきりきわだってきこえるのだ。だが、今日までそれほど鋭く、しかと注意を引かれたことはなかった。そのうえ強烈な、霊感めいた上首尾の予感がともなったので、彼は袋小路の入口に引っ込んだ。

足音は急速に接近し、通りの角をまわりこむと、不意にひときわぐんと大きくなった。路地からうかがう弁護士には、いまから相手にするのがどんな男なのかが、じきに見てとれた。小柄で、質素ななりをして、顔立ちはその距離でさえ、なぜか激しく観察者の反感を呼ぶものがあった。男は近道して通りをななめに渡り、入口にやってきた。そして自宅の前まできた人がやるように、まだ歩きながらポケットから鍵を取り出した。

アタスン氏は袋小路を出て、そばへきた相手の肩に手で触れた。「ミスター・ハイドですね」

ハイド氏は、はっと息をのんで身を引いた。だが、うろたえたのはほんの一瞬だった。弁護士の顔をまともには見なかったが、こたえる口調に戸惑いはなかった。「そうですが。なにか」

「ここにはいるところですね」弁護士はききかえした。「わたしはドクター・ジーキルの友人で、ゴーント街のアタスンという——きいたことのある名前でしょう。折よく見かけたので、入れてもらえるかと思って」

「ドクター・ジーキルには会えませんよ。出かけてます」ハイド氏はこたえて、鍵を差し込んだ。そして急に、しかし目を上げぬまま、「どうしてわたしとわかった」ときいた。

「それよりも」と、アタスン氏。「頼みがある」

「どうぞ」相手はいった。「なんです」

「顔を見せてもらえまいか」弁護士はいった。

ハイド氏はためらうようだったが、なにか急に思うところあってか、昂然《こうぜん》と顔をふりむけた。ふたりは数秒間、じっと目と目を合わせた。「これで今度会ってもわかる」アタスン氏はいった。「なにかの役に立つこともあるだろう」

「そうだね」ハイド氏は応じた。「知り合ってよかった。ついでだから、わたしの住所を教えておこう」そういって、ソーホー地区の通りの番地をつげた。

〈さては〉と、アタスン氏は思った。〈この男も遺言状のことを考えているんだな〉思っただけで口には出さず、住所をきいた返事に、うむ、と低い声を洩らした。

「それはそうと」相手はいった。「どうしてわたしとわかった」

「人となりをきいていたから」が、返事だった。

「だれに」

「いるじゃないか、共通の友人が何人か」と、アタスン氏。

「共通の友人？」おうむがえしにきくハイド氏の声が、ややかすれた。「だれだね」

「たとえば、ジーキル」弁護士はこたえた。

「彼がきみにいうわけがない」ハイド氏は気色《けしき》ばんで、声を大きくした。「きみは嘘をつける男なんだな」

「おいおい」と、アタスン氏。「人ぎきの悪いことをいうじゃないか」

相手はうなり声を高笑いに変えた。そしてつぎの瞬間、びっくりするようなすばやさでドアの鍵をあけると、屋内に消えた。

とりのこされた弁護士は、しばらく立ち尽くしたが、内心の動揺はその姿にそっくりあらわれていた。やがて通りをのろくさと歩きだし、一歩か二歩ごとに立ちどまっては、思い惑う人の仕草で手をひたいにあてた。歩きながら頭のなかで取り組んでいる問題は、なかなか解けない高等な部類のものだった。ハイド氏は顔色のよくない小男で、なにが異常とは指摘できないが、どこか奇異な印象をあたえる。いやな笑みをうかべ、小心とふてぶてしさの奇怪に混じり合う態度で弁護士に接し、ものをいうのは、嗄《しゃが》れ声、ささやき声、そしてなんだか割れたような声だ。そうしたなにもかもが、あの男のマイナス材料なのだが、それらをぜんぶ合わせても、アタスン氏が彼に抱《いだ》く、これまでのところ皆目解《げ》せぬ、おぞましさ、嫌悪、恐怖の説明にはならない。〈ほかになにかあるんだ〉困惑のすえに思うのはそれだった。〈もっとなにかあるんだが、あてる言葉がみつからない。いやもう、あれは人間なんてものじゃない。原始人というか、それとも、理由なき嫌われ者というやつか。もしかすると、腐れた魂の放射が外へ出るとき、容器の骨肉まであのように変形させるのでは。きっとそうだ。ああ、かわいそうなヘンリー・ジーキル、もしも人の顔に悪魔の署名が読み取れるなら、きみのあの友人とやらのひたいに、まさしくそれはある〉

裏通りの角を曲がると、広場を囲んで昔風の瀟洒《しょうしゃ》な家がならび、もうその大半はかつての高級邸宅から没落して、いまは大小の貸室になり、地図製版工、大工、いかがわしい弁護士、怪しげな商売の代理業者など、あらゆる職種と階層の男たちが入居していた。しかし、角から二軒目の家だけは、いまでも一世帯家屋として使われていた。入口のドアは、いまは扇形の明かり窓ひとつをのこしてすっぽり闇のなかだが、富と快適の悠々たる雰囲気に包まれており、アタスン氏はその前に足をとめてノックした。身だしなみのいい年配の執事がドアをあけた。

「ドクター・ジーキルは在宅かね、プール」弁護士はたずねた。

「見てきましょう、ミスター・アタスン」いいながら、プールは客を通した。天井の低い、広々した快適な玄関ホールは板石敷きで、(カントリー・ハウス風に)暖炉の火があかあかと燃えて暖かく、オーク材の高価な戸棚が据えられていた。「ここの炉端でお待ちになりますか。それとも、食堂に灯を入れましょうか」

「ここでいい、ありがとう」弁護士はこたえ、背の高い炉囲いに寄ってもたれた。いま彼がひとりにされたこのホールは、友人の医師がいちばん愛用する部屋で、アタスン氏もロンドン一気持ちのいい場所であることをよく口にした。だが、今夜は血のなかのおののきがやまず、ハイド氏の顔が記憶にどっかと居すわっていた。彼は人の世に吐き気と嫌厭《けんえん》を覚え(めったにないことだった)、気が鬱々《うつうつ》として、光沢のある戸棚の表面にちらつき映る薪火《まきび》にも、天井に変にさしはじめた影のなかにも、なにかしら不吉なものが読み取れる気がした。やがてプールがもどり、ジーキル博士の外出を伝えると、われながら恥ずかしいほど安堵した。

「ミスター・ハイドが、解剖室の入口をはいるのが見えたんだが」彼はプールにいった。「ドクター・ジーキルの留守にかまわないのか」

「いいんです、ミスター・アタスン」執事はこたえた。「ミスター・ハイドは合鍵をお持ちでして」

「きみの主人、あの若い男にずいぶん信頼をおいているようじゃないか」客はもの思うふうにいった。

「ええ、それはもう」と、プール。「わたしどもは、あの人のいいつけには、なんでも従うよう命じられています」

「わたしはまだミスター・ハイドに紹介されていないのでは?」アタスン氏はきいてみた。

「まだです。あのかたは、ここでは決して食事をなさらないので」執事はこたえた。「だいたい家のこちら側で、あのかたをお見かけすることは、まずありません。たいてい実験室から出入りなさるので」

「そうか。おやすみ、プール」

「おやすみなさい、ミスター・アタスン」

弁護士はひどく重い心を抱いて家路についた。〈ヘンリー・ジーキルも気の毒に〉彼は思った。〈なにか厄介事をかかえているんじゃないか。若いころは放埒《ほうらつ》だった男だ。それはまあ、昔のことにはちがいないが。しかし、神の法に時効なしというからな。うん、きっとそれだ。なにか旧悪の亡霊というか、秘めた不祥事の膿《うみ》みたいなものか。とうに記憶は薄れ、自愛がしくじりを許しているのに、足ののろい罰が、いまになってやってきたんだ〉その考えが自分でも恐ろしくなって、弁護士はしばしみずからの過去を想起し、もしや古い過ちが、びっくり箱から明るみに飛び出しはせぬかと、記憶の隅々をさぐった。彼の過去に、汚点らしい汚点はなかった。自分史を彼ほど不安なしに読み返せる者はいないだろう。それでも彼は、しでかした幾多の過ちを思い、つい面伏《おもぶ》せした。が、すんでに犯しかけて踏みとどまった他の幾多を思うと、ふたたび顔をもたげ、畏怖《いふ》と身の引き締まる思いをしつつ感謝するのだった。そこで最初の問題に立ち返ることで、一縷《いちる》の希望を見いだした。〈あのミスター・ハイドの過去を洗い立てたら〉と考えた。〈彼自身秘密を持っているにちがいない。黒い秘密だ、あの様子では。それにくらべたら、かわいそうなジーキルの最悪の秘密といえども、日の光みたいなものだろう。このままにはしておけない。あいつがジーキルの枕元に、盗《ぬす》っ人《と》のように忍び寄る図を想像したら、背筋が寒くなる。かわいそうなジーキル、そこで目を覚ましたら、どんな気がするだろう。待てよ、危険でもあるぞ。もしもあのハイドが遺言状の存在に感づいたら、相続するまで待てないかもしれない。よーし、こうなったらひと肌脱いでやる――ジーキルが承知したらだが〉と、ひとつ補足を加えた。〈ジーキルさえ承知してくれたらいいんだが〉またしてもまぶたの奥に、遺言状の奇妙な条項が、透かし絵のように浮いて見えた。

ジーキル博士動じず

二週間後、願ってもなく幸運なことに、ジーキル博士が例によって気のおけない夕食会に旧知の五、六人を招いた。客はみな声望ある教養人で、ワインのわかる男たちだった。アタスン氏はそれとなく、ほかの者が帰ったあとにひとりのこった。そういうことはめずらしくなく、よくあることだった。アタスン氏は、好かれるところではとても好かれた。上機嫌で舌のまわりもよくなった男たちが、すでに玄関口に足をかけていても、主人役はにこりともせぬ弁護士を引きとめたがった。招いた主人たちは皆、客もてなしの重責と気疲れのあと、すこしのあいだ、ものしずかな弁護士と同席しつつ、独り《ひと》居《い》の世界に自分をもどして慣らし、客の豊かな沈黙に同化して、自分の頭を冷やすのが習いだった。ジーキル博士もその例外でなく、いまは暖炉をなかに、アタスン氏と向き合ってかけていた。大柄で均整のとれたからだつき、五十男の愛想のいい顔立ちには、どこか気を許せぬ印象もないではなかったが、受容力と親切心は随所にあらわれた。その表情から、アタスン氏にたいしては、偽りない、暖かい親愛の情を寄せていることが、はた目にもわかった。

「きみと話がしたかったんだ、ジーキル」弁護士が口を切った。「きみが作成した遺言状のことだがね」

注意深い観察者には、いやな話題であることがわかっただろうが、医師は快活に応じた。「きみも気の毒にな」と、彼はいった。「こんな依頼者にかかわったのが不運だった。だれもあの遺言状に、きみがしめしたほどの不快感をしめしたことはない。ただし、わたしの異端的学説とやらにいやな顔ばかりする、頑迷な衒学《ペダント》趣味のラニヨンはべつだ。いや、わかってるよ、いい男だよ——そんなに眉をひそめなくていい——非凡な男だし、日ごろもっと会いたいと思う相手だ。とはいえ、頑迷な衒学者であることに変わりはない。無知まるだしのペダントだ。ラニヨンほど失望させられた男もいない」

「わたしがあれには、最初から感心しなかったのは承知だろう」アタスン氏は話題の転換をにべもなく無視して、話を進めた。

「遺言状のことか。ああ、知ってるよ、もちろんだ」医師はすこしきっとなってこたえた。「何度もきかされた」

「改めてきかせたい」弁護士はつづけた。「あの若いハイドのことを、いろいろききおよんでいるんだ」

ジーキル博士の大きな端正な顔が、唇まで血の気を失い、目元に暗い影がさした。「その先はききたくない」彼はいった。「その話はもう持ち出さない約束だ」

「じつにいやなことを耳にしたんだ」

「なにを耳にしてもいい。きみはわたしの立場がわかっていない」いいかえす医師の態度が、それまでとどこかちがった。「つらいところなんだ、アタスン。妙な立場というか――そう、じつに妙な立場だ。話し合って、どうなるものじゃないんだ」

「ジーキル」と、アタスン氏はいった。「わたしがどんな男か知ってるだろう。信頼してくれていい。洗いざらい話してしまえ。きっと力になれると思う」

「心優しいアタスン」医師はいった。「その気持ちはうれしい、いいようもなくうれしい。感謝の言葉がみつからない。きみの言は、これっぽっちも疑うものじゃない。きみなら、この世のだれよりも信頼できる。いや、わたし自身よりもだ――そんな比較ができるものなら。だがね、きみの想像するようなことじゃないんだ。それほど深刻なことではないから、安心してほしい。ひとつだけいっておこう。わたしは自分でそうと決めた瞬間、いつでもミスター・ハイドと縁を切ることができる。それだけは誓ってもいい。きみにはどれほど感謝しても足りない。ひとこと付け加えたいから、アタスン、気を悪くしないできいてくれ。これはプライヴェートなことだ。頼むから、もう放念してくれないか」

アタスン氏はすこしのあいだ、火をみつめて思案した。

「きみがいうんだから、間違いないんだろう」ようやくいって、彼は椅子を立った。

「しかしまあ、問題に触れたことでもあるし、これがたぶん最後と思うが」医師はつづけた。「ひとつだけ、ぜひわかってもらいたいことがある。じつのところわたしは、あのハイドのやつに大いに関心があるんだ。彼に会ったそうだな。きいたよ、本人から。さぞかし無礼だったろう。しかし、あの若いのに、わたしは心底、並々ならぬ関心を寄せているんだ。わたしにもしものことがあったら、アタスン、不愉快でも我慢して、かならず彼の権利を守ると約束してほしい。きみがすべてを知ったら、きっとそうしてくれるはずだ。それさえ約束してくれたら、わたしも肩の荷が降ろせる」

「あの男を好きになる日がくるとは、気休めにもいえない」弁護士はきっぱりいった。

「そんなことは頼まないさ」ジーキル博士は相手の腕に手をかけると、重ねて切願した。「法手続きの執行を望むだけだ。わたしがここにいなくなったとき、わたしに代わって力になってやってほしい。頼みはそれだけだ」

アタスン氏はため息を抑えかねて、「わかった」といった。「約束する」

カルー殺害事件

一年近くたった一八——年十月、ロンドンは異様に残酷な犯罪に震撼し、被害者の社会的地位の高さがいっそう世の耳目をあつめた。判明した事実はわずかだが、驚愕すべきものだった。川岸に近いあたりにひとり住む通いのメイドが、十一時ごろ寝につこうと二階へ上がった。深更すぎてから市内に霧が巻き寄せたが、そのはやい時間にはまだ雲ひとつなく、メイドの窓から見おろす路地は満月に皓々《こうこう》と照らされていた。ロマンチックな性情だったと見え、彼女は窓のすぐ下に置いた箱に腰かけて、夢見心地になった。あんなにも（涙ながらに目撃談をするとき、彼女は毎度いうのだった）人間というものに心やすらぎ、この世に満ち足りた晩は、はじめてだった。そうして窓辺にかけていると、白いステッキをにぎる年配の上品な紳士が、路地をやってくるのに気づいた。そのとき反対方向から、べつの、ずいぶん小柄な紳士が歩いてきたが、最初そちらにはあまり注意を払わなかった。ふたりが口をきける距離まできたとき（そこはメイドの真下だった）、年配の男が一揖《いちゆう》してから、もうひとりに、それはもうていねいに話しかけた。べつに重大な話ではなさそうだった。というより、手ぶりからすると、道をきいているだけみたいだった。そうやってしゃべりだしたとき、月光に照らされた顔は、若い女の目にも好ましく映った。いかにも善良そうな、年齢相応の暖かみにあふれた、それでいて、たしかな自信からくるのだろう、どこか気高ささえ感じさせた。ついで彼女の視線がもうひとりに移ったとき、意外にもその顔は、一度彼女の主人を訪ねてきて、彼女に不快感を抱かせた客で、たしかハイド氏といった。そちらは頑丈なステッキをにぎり、それを手でもてあそんでいた。だが、ひとこともこたえるでなく、いらだちを抑えかねつつ耳をかすというふうだった。と、不意に、男は怒りの炎を噴き上げたかと思うと、片足で地面を踏みたたき、ステッキをふりあげ、（メイドの表現では）狂人のふるまいにおよんだ。一歩下がった年配の紳士は、仰天し、いくぶん立腹もした様子を見せた。するとハイド氏は、もうどんな抑制もかなぐりすて、老人をステッキで足元に打ち倒した。そしてつぎの瞬間、狂暴な猿のように怒り狂って、倒れた相手を踏みつけ、怒濤の打擲《ちょうちゃく》を加えた。骨の砕ける音がきこえ、からだが路面にはねかえった。目と耳にはいるもののすさまじさに、メイドは失神した。

正気に返ったときは午前二時で、すぐに警察に知らせた。殺人者はとうに立ち去っていたが、被害者は信じがたいほどめった打ちにされて、路地のまんなかによこたわっていた。犯行に使ったステッキは、ざらになく重い頑丈な木でつくられていたが、情け容赦ない暴力で真っぷたつに折れ、半分はそばのどぶに落ちていた。あとの半分は犯人が持ち去ったにちがいなかった。被害者は財布と金時計を身につけていたが、名刺や身分証明書のたぐいはなく、ただ封印して切手を張った封筒が一通発見された。投函するつもりで持っていたらしく、アタスン氏の宛名が書かれていた。

封筒は翌朝、まだ寝ている弁護士のもとにとどけられた。見せられて、事態を知らされると、彼は口をとがらせ暗い表情になった。「死体を見るまでは、なんともいえない」彼はいった。「これは由々《ゆゆ》しいことになりそうだ。着替えるまで待ってもらおう」食事も沈痛な面持ちでそそくさとすませ、死体が運ばれた警察署へ馬車を走らせた。部屋に通されると、すぐに得心のうなずきを見せた。

「間違いない」と、彼はいった。「わたしは知っている。いうもつらいが、この人はダンヴァース・カルー卿だ」

「なんと」係官は思わず叫んだ。「本当ですか」つぎの一瞬、もうその目には、職業的野心がきらりと光った。「これは騒ぎになります。しかし、おかげで相手の男を突きとめるのに協力していただけそうです」そういって係官は、メイドの目撃したことを語り、折れたステッキを見せた。

アタスン氏はハイドの名をきかされ、すでに不安を覚えていたが、ステッキが目の前に置かれると、もう疑う余地はなくなった。ふたつに折れ、縦に割れてはいるが、見覚えがあるのも道理、それは何年か前、自分がヘンリー・ジーキルに贈ったものだった。

「そのミスター・ハイドというのは、小柄な男ではないか」彼はたずねた。

「とても小さな男で、とてもいやな顔――と、メイドはいっています」

アタスン氏は思案していたが、やおら顔を上げて、「わたしの馬車でいっしょにきてくれたら」といった。「その男の自宅へ案内しよう」

もうそのときは朝も九時ごろで、シーズン最初の霧が出ていた。褐色のとばりが空に低くたれこめ、たえず吹く風が、そんな水蒸気のかたまりに打ちかかって、散らそうとしていた。通りから通りをのろのろ進む馬車の座席から、アタスン氏は黄昏時《たそがれ》にも似た光と色のさまざまな濃淡に見入った。このあたり、霧の朝は宵の口のように薄暗くなり、そのなかにぼーっと赤褐色の光がさして、不思議な大火の炎明かりを思わせる。つかのま、霧の切れ間ができ、そこへ荒々しい白日の光軸が、渦巻く雲のあいだからさっと射し込む。そうした瞬間的な変化の下に見る陰鬱《いんうつ》なソーホー地区は、道路は泥にまみれ、通る人は汚いなりをして、街灯は消されずじまいだったのか、わびしい暗黒の再侵入に抗してあらたに点灯されたのか、弁護士の目には、悪夢に見るどこかの都市の一画として映った。そのうえ彼の頭にうかぶ想念は、すべて暗色に塗りこめられていた。そして、同乗者をちらと横目で見れば、ときとしてどんな善人にも触れてくる、法と法執行官のあの怖い指先を、つい意識せずにいられなかった。

先日教えられた住所にきて馬車がとまったとき、霧がすこし晴れて、薄汚れた通りがあらわれた。安酒場、安物のフランス料理を出す食堂、一ペニーの雑誌と二ペンスのサラダを売る店、どこの戸口にもぼろを着た子らがしゃがみこみ、国籍もさまざまな女たちが鍵を手に、朝から一杯やりに、あちらからもこちらからも出てくる。それもつかのま、すぐまた琥珀《こはく》のような茶色の霧が通りにかぶさって、弁護士をその陋巷《ろうこう》から遮断した。ここが、ヘンリー・ジーキルが目をかけた男、二十五万ポンドの相続人の住むところなのだ。

象牙のような顔色をした銀髪の老女がドアをあけた。悪相が偽善の仮面をのっぺりかぶっているが、応対の態度はていねいだった。はい、ミスター・ハイドの家はここですが、いまは留守です。ゆうべはずいぶんおそく帰りましたが、一時間もせずにまた出かけました。そういうことはめずらしくなく、生活はとても不規則で、よく家をあけるのだという。現にきのうまで、彼女はかれこれ二か月顔を合わせていなかった。

「そうか。では、ひとつ家のなかを見せてもらいたいんだが」弁護士がいい、老女がそんなことはできないと断りかけるのを抑えて、「この人がだれかいっておこう」といいそえた。「こちらはスコットランド・ヤードのニューコメン警部だ」

老いた顔に意地悪いよろこびの色がさした。「じゃ、なにかやったんですね。なにをしでかしたんですか」

アタスン氏と警部は視線を交わした。「あまり評判のいい男ではないようだね」と、警部はいった。「なに、この人とわたしに、ちょっとその辺を見せてもらえれば、それでいいんだ」

老女のほかだれもいない広い家のなかで、ハイド氏が使っているのは、ほんの二、三室だった。だが、それらの部屋の調度は贅沢で、趣味もよかった。戸棚のひとつには、ワインがぎっしりならんでいた。食器は銀製で、テーブル・リネンは上品なものだった。壁にいい絵がかかっているのは、美術品に目のきくヘンリー・ジーキルの贈り物だろう、とアタスン氏は思った。絨毯がまた、幾種類もの糸で織られ、色合いも目に心地よかった。が、同時に、どの部屋にも、最近いそいでかきまわされた形跡が見てとれた。衣服が床に散らばって、ポケットはぜんぶ裏返されていた。鍵のかかる引き出しはあけっぱなしで、暖炉にはたくさんの書類を燃やしたのか、灰が積もっていた。その燃えさしのなかから、警部はグリーンの小切手帳の控え部分を掘り出した。綴《と》じた端だから燃えのこったのだ。ドアの裏からは、ステッキのもう半分もみつかり、それらは容疑をしかと裏づけたから、警部はうれしさを隠さなかった。銀行へ行くと、殺人者の名義で数千ポンドの預金のあることがわかり、それで職業的よろこびは完璧になった。

「もう安心していい」警部はアタスン氏に告げた。「もう捕らえたも同然だ。それにしても、よほど逆上したんだな。でなければ、ステッキをのこしてはおかないし、なによりも小切手帳を焼くはずがない。なによりもいま、犯人には金が命なんだから。あとは銀行を張り込み、手配書を配るだけでいい」

ところが、その手配書の作成が容易でなかった。というのは、ハイド氏には友人知人がほとんどいないのだ。メイドの主人も、彼には二度会っているだけだった。身内はどこにもさがしようがなかった。写真も一枚も撮っていない。人相風体《にんそうふうてい》を証言できる者も、素人《しろうと》観察者のつねで、いうことが大きくくいちがった。ひとつだけ、だれもが一致した点があった。それは逃走犯人が、見る人にひとしくあたえ、脳裏についてはなれぬ、あのなんともいいようのない異形の感じであった。

手紙の一件

アタスン氏がジーキル博士の戸口に立ったのは、午後もおそくなってからだった。すぐに執事のプールに招じ入れられ、家事室の前を通り、かつて庭園だった一画を抜けて、実験室か解剖室、どちらとも呼ばれる建物へ行った。医師はその家を、さる一流外科医の相続人から買い取った。彼自身の好みは解剖より化学だったので、庭はずれのその棟の用途を変更したのだった。弁護士が友人宅のその部分に通されたのは、それがはじめてだったから、窓のない煤《すす》けた造作にまず好奇の目を向け、ついでなじめぬものへの不安まじりに周囲を見まわしながら歩いた。かつて熱心な医学生の詰めかけた解剖室に、いまはものいわぬテーブルが数脚、実験器具をのせてわびしく置かれ、床には梱包用木枠と詰め物の藁《わら》が散らかり、霧でくもった屋根窓から鈍い外光がさしていた。奥の小階段をあがったところに赤いラシャ張りのドアがあった。その入口をぐったアタスン氏は、ようやく医師の私室にはいった。大きな部屋で、ガラス戸棚と事務机、それに袋小路に面して、鉄格子入りの窓が三つあった。暖炉には火が燃え、濃霧が屋内にまでこもりはじめたので、マントルピースにはランプがともしてあった。いまそこに、火のそばに、ジーキル博士が重病人のような顔色をしてかけていた。客を立って迎えようとせず、冷たい片手をさしだしただけで、なんだかふだんと変わった声であいさつした。

「ところで」プールが出て行くと同時に、アタスン氏はいった。「とんだことだが、きいたかね」

医師はぶるっと身をふるわせた。「そこの広場で新聞売りが、大声で知らせていた。食堂まできこえてきた」

「ひとことだけ」と、弁護士はいった。「カルー卿はわたしのクライアントだったが、きみはいまもそうだから、変なことがあっては困るんだ。きみはまさか、その男をかくまうようなばかなまねはしていまいね」

「アタスン、誓ってもいい」医師は声を大きくした。「神に誓ってもいい。わたしは二度と、あの男の顔も見ない。きみにも約束する。生きてこの世にあるかぎり、もう彼とは縁を切った。すべておしまいにした。現に彼には、もうわたしの助けは要らない。きみはわたしほどには知らないからいっとくが、あの男ならもう大丈夫だ、危険はない。信じてもらっていい。二度と彼の名が、人の口にのぼることはない」

ききながら、弁護士は気重になった。友人のばかに熱のこもった口調が気に入らなかった。「ずいぶん自信ありげだが」と、彼はいった。「きみのためにも、それが間違いでないことを祈るよ。裁判になったら、きみの名も出るかもしれない」

「彼のことなら自信がある」ジーキル博士はこたえた。「そう確信するには、だれにもいえない理由があるんだ。ただ、ひとつきみの助言を受けたいことがある。じつは――じつは、手紙を一通受け取り、それを警察に見せたものかどうか迷っているんだ。アタスン、それをきみの手に委《ゆだ》ねたい。きみなら賢明な判断をしてくれるにちがいない。わたしはきみには絶大な信頼をおいている」

「その手紙から彼に足がつくのが心配なのか」弁護士はいった。

「いや」医師は打ち消した。「わたしはハイドがどうなっても、もうかまわない。あの男とは手を切った。それよりもわたしは、今度のことが自分の名誉を危うくしたんじゃないかと、それが気がかりなんだ」

アタスン氏はすこし考えた。友人の自己本位が意外でもあれば、ほっとさせられもした。「それでは」と、ようやくいった。「見せてもらおうか、その手紙」

文面は一風変わった、直立した筆跡でしたためられ、〈エドワード・ハイド〉のサインがはいっていた。手紙の筆者は、筆者のよき理解者であるジーキル博士から、今日まで受けた数々の恩義に報いること余りにすくないが、自分には絶対確実な窮地脱出の手だてがあるので、身の安全を気遣ってもらうにはおよばない旨、簡潔に述べてあった。弁護士はその手紙に気をよくした。ふたりの男の関係は気をまわしたほどのものではなく、これまで抱いた疑惑のいくらかは、自分の思い過ごしだとわかった。

「封筒は」と、彼はきいた。

「焼いてしまった」ジーキル博士はこたえた。「はっと気づいたときはおそかった。しかし、消印はなかった。直接届けられたんだな」

「これをあずかって帰り、ひと晩考えたいんだが」アタスン氏はいった。

「そっくりまかせるから、わたしに代わって判断してくれ」というのが返事だった。

「わたしはもう、自分に信頼がおけなくなった」

「よし、とっくり考えてみよう」と、弁護士。「最後にもうひとつ。遺言状にいう失踪時の条件だが、あれはハイドが指定したのかね」

医師はふっとめまいを起こしたかに見えたが、口を固く結んでうなずいた。

「やっぱりな」アタスンはいった。「彼はきみを殺すつもりだったんだ。きみは危うく命びろいした」

「もっといいものをひろったよ」医師は口調を重々しいものにした。「教訓だ。ああ、アタスン、わたしはなんという教訓を得たことだろう」いって、一瞬、両手で顔を覆った。

弁護士は外へ出がけに、プールとふたことみこと口をきいた。「それはそうと、今日手紙が一通届けられただろう。持ってきたのはどんな人だった」しかし、プールは、通常の郵便物以外なにもこなかった、ときっぱりいってから、「それも、ちらしのようなものだけでした」といい足した。

そう知らされた訪問者は、ふたたび不安な心を抱いて辞去した。明らかに手紙は、医師の私室入口を通ってきている。いや、もしかすると、私室内で書かれている。もしもそうなら、角度を変えて判断し、より慎重に扱わなくてはならない。通る歩道のいたるところに新聞売りが立って、声をからしていた。「号外！　衝撃の国会議員殺害！」それはひとりの友人にしてクライアントへの弔辞にもきこえ、もしやべつのひとりの声望が、スキャンダルの渦潮にのみこまれはせぬかと思うと、おびえずにはいられなかった。むずかしい決断を迫られることだけはたしかだった。日ごろなんでも自主的判断を下すたちなのが、いまは無性に人の助言を仰ぎたくなってきた。ストレートにはきけないが、それとなくさぐりを入れることはできるかもしれない。

それからまもなく、暖炉の一方には彼がかけ、他方には助手のゲストが立ち、ふたりの中間に火からほどよい距離をおいて、地下の冷暗所に長年ねかされた、格別年代物のワインが一本置かれてあった。霧はまだ街をどっぷり浸《つ》けて、その上に眠り、街には灯火が赤い宝石をちりばめてまたたいていた。たれこめて、なにもかもをくぐもらせ押し殺す濃霧のなかを、都会の生命の血流が大動脈を伝い、烈風を思わすうなりをともなって、流れ込んでくる。だが、室内には燃える火の明かりがかもす心地よい雰囲気があった。ボトルのなかの酸味はとうに溶解し、高貴でなじめなかった液体の色合いは、時とともに、ステンドグラスの窓の色が豊饒になるように、柔らかさを増していた。丘のぶどう園にそそぐ暑い秋の午後の陽光は、もう自由に放たれて、ロンドンの霧を散らすばかりになっていた。知らず知らず弁護士の心はなごんだ。彼にとって、ゲストほど秘密をつくらずにすむ相手はいなかった。だいたいかかえた秘密が、ぜんぶ自分の意図するものかどうかも、わからなくなることがあるのだ。ゲストは用事でしばしば医師のところへ行くから、プールとも顔見知りだった。ハイド氏があの家の勝手を知ることは、きっとときおよんでいるから、なにか推論を引き出すかもしれない。だったら、謎を明かすためにも、手紙を見せていいのではないか。まして筆跡の研究と鑑定では玄人《くろうと》はだしのゲストのこと、見せられても不審を抱かないのではないか。それに助手はなににでも意見を出す男だ。そういう訝《いぶか》しい文書を読まされたら、ひとことといわぬはずがない。そのひとことで、アタスン氏は今後の方針を決められるかもしれない。

「ダンヴァース卿の事件は痛ましいな」彼はいった。

「まったくです。ずいぶん世人の同情をかっています」ゲストは応じた。「狂人のしわざとしか思えません」

「じつはそのことで意見をききたいんだ」と、アタスン氏。「ここに犯人の自筆文書がある。きみにだけ打ち明けるんだ。わたしひとりでは思案がつかなくてね。ぞっとしない話——といったぐらいでは、まだいい足りない。ほら、これだ。殺人者の自筆——きみの得意分野だろう」

ゲストは目を輝かせて、すぐさま腰をおろすと、熱心に見入った。「ちがいますね」と、彼はいった。「狂人ではありません。しかし、異様な筆跡です」

「書き手がまた異様きわまる」弁護士はいいそえた。

そこへ執事が、紙片を持ってはいってきた。

「それ、ドクター・ジーキルからじゃありませんか」助手がたずねた。「その筆跡なら見覚えが。なにか内密なことですか、ミスター・アタスン」

「夕食の誘いだよ。どうしてだ。見せようか」

「では、ちょっと。失礼」助手は二枚の用紙をならべて、文面を入念に比較した。「ありがとうございます」ようやくいって、二枚とも返した。「非常に興味深い筆跡です」

沈黙がおかれ、その間アタスン氏には内面の葛藤があった。「なぜ見くらべたんだね」不意に、彼はきいた。

「それが」助手はいいよどんだ。「両方の筆跡には、妙な類似がありますね。いくつかの点では、まるで同一です。ただ、文字の傾斜がちがうだけで」

「奇妙といえば奇妙だ」と、アタスン氏はいった。

「そう、おっしゃるとおり、奇妙といえば奇妙です」ゲストは同意した。

「この手紙のことは口外しないでくれ」

「むろんしません」助手はこたえた。「心得ています」

だが、その夜、アタスン氏はひとりになると、手紙を金庫にしまいこみ、以後それは取り出されることがなかった。〈なんということだ〉彼は胸中つぶやいた。〈ヘンリー・ジーキルが、殺人犯の手紙を偽造するとは!〉血流が冷たくなった。

ラニヨン博士の異常事

時は停止していなかった。ダンヴァース卿の死は、万人に痛手として受けとめられ、犯人探しに莫大な懸賞金が提供された。だが、ハイド氏はまるで存在しなかったもののように、警察の視界から消えた。逆に彼の過去の多くが明るみに出た。ほめられぬことばかりだった。冷たさと激しさを合わせ持つ彼の残忍性から、さまざまなエピソードが生まれた。放埓な暮らしのこと、いかがわしい仲間のこと、経歴のいたるところで買ったらしい恨みのこと。だが、現在の居所は杳《よう》として知れなかった。事件の朝、ソーホーの家を出たときから、彼はふっつりかき消えてしまった。アタスン氏は時がたつにつれ、すこしずつ、驚愕からくるほてりもさめて、心の落ち着きをとりもどした。ダンヴァース卿の死は、ハイド氏の失踪によってじゅうぶんに償われたと思うことにした。悪い影響力が消えると、ジーキル博士にもあたらしい生活がはじまった。閉じこもった殻から出て、交友関係をあらたにし、ふたたびどこの家でもなじみの客になり、みんなをたのしませる役にもどった。もともと慈善活動で人に知られていたが、いまや信仰心の評判もそれに劣らなかった。日々多忙で、よく外出し、世の役に立った。内なる奉仕精神がそうさせるのか、顔が外に向かってひらき、明るく輝くようだった。そうやって二か月以上、医師は平安な日を送った。

一月八日、アタスン氏は医師宅で少人数の夕食会に出た。ラニヨン博士もきていて、招待主がふたりを順に見やる様子は、三人がはなれがたい友であったころと変わらなかった。ところが十二日、ついで十四日、ふたたび弁護士にたいしてドアは閉ざされた。「ドクターはずっと家にこもりきりで」と、プールはいった。「だれにもお会いになりませんでした」十五日、もう一度訪ねて、やはり断られた。この二か月、毎日のように会っていたから、ここでまたひとりの日々にもどったのには気が萎《な》えた。五日目の夜は、ゲストを呼んでいっしょに食事をした。六日目はラニヨン博士のところに出向いた。

そこでは、すくなくとも門前払いはくわされなかった。だが、なかにはいったとたん、医師の様子の変わりようにびっくりした。顔に出ているのは、まるで死相だった。

ばらの血色は蒼白になり、肉がげっそり削《そ》げ落ちていた。目に見えて髪が薄くなり、老け込んでいた。しかし、とりわけ弁護士の注意を引いたのは、そうした急激な肉体の衰えのあらわれよりも、目の表情と態度の変容で、それはなにかしら心の奥深くにあるおびえを語っているみたいだった。まさか死の恐怖でもあるまいが、アタスン氏はそう思いたくなった。〈医者だから自分の状態がわかり、先が長くないことを知っているんだ〉と思った。〈その認識が耐えがたいんだ〉。しかし、アタスン氏が顔色の悪さをいうと、ラニヨン博士も自分の死期が近いことを認め、そのいいかたにはゆるぎない確信があるみたいだった。

「ショックを受けたことがあってね」と、彼はいった。「回復不能だ。あと二、三週間というところかな。まあ悪くない一生だった。たのしかったよ。いやほんと、前はたのしかった。わたしはときどき思うんだが、人間すべてを知ってしまったら、いっそはやく旅立ちたいと思うんじゃないか」

「ジーキルも病気だ」アタスン氏はいった。「最近会ったか」

ラニヨン博士が表情を変え、ふるえる片手を立てた。「もうドクター・ジーキルには、会いたくもないし、うわさもききたくない」大きなだけで、落ち着きを欠いた声だった。「あの男との仲は、もうおしまいだ。もう死んだと思ってる相手のことは、頼むからきかせてくれるな」

アタスン氏は小さく舌打ちし、しばらく間《ま》をおいてから、「なにかわたしにできることはないか」ときいた。「われわれ三人、思えばずいぶん古い仲じゃないか、ラニヨン。どう長生きしても、もう友人なんかできっこないぞ」

「どうしようもないのさ」と、ラニヨン。「あの男にもきいてみろ」

「会ってくれないんだ」弁護士はいった。

「だろうな」というのが返事だった。「なあ、アタスン、わたしの死後、きみはある日、このことの理非曲直《りひきょくちょく》を知るだろう。生きてるわたしの口からはいえない。それよりも、すわってなにかほかの話ができるなら、頼む、そうしてくれないか。だが、もしもこの不快な話題を避けられないのなら、頼むから帰ってくれ。わたしには耐えがたい」

帰宅するとすぐ、アタスン氏は机についてジーキル博士に一筆したため、門前払いの恨みをいい、ラニヨン博士との不幸な仲たがいの原因をたずねた。すると翌日、長文の返事が届けられた。書きかたはしばしば感傷的で、ところどころ暗い謎めいた表現があった。ラニヨン博士との不和は修復不能だという。〈旧友を責める気はない〉と、ジーキル博士は書いていた。〈だが、われわれは二度と会ってはならぬという彼の意見には賛成だ。わたしはこれより先、完全な隠遁《いんとん》生活にはいる。わが家のドアが、きみにまで閉ざされることしばしばであっても、おどろかないでほしいし、わたしの友情を疑わないでほしい。わが小暗い道をひとり行くわたしを、どうか許してくれ。どういうことかはいえないが、わたしはわが身に罰と危険をもたらしたんだ。わたしが罪人《つみびと》の頭《かしら》だとしたら、受難者の頭でもある。まさかこの世に、かくも人を無力にする苦難と恐怖があろうとは、思いもしなかった。この運命の重圧に耐える法は、アタスンよ、ただひとつしかない。それはひたすら沈黙を守ることだ〉アタスン氏は愕然となった。ハイド氏の暗い影響力が消えてから、医師が以前の仕事と人付き合いにもどったのはたしかだった。つい一週間前、前途の予測は、屈託のない輝かしい晩年の到来をつげて明るかったのに、それが一瞬にして、友情も、心の平安も、人生の一切すべてが崩れ去ったのだ。こうまで甚大かつ唐突な変化は、狂気をしめすものだが、しかしラニヨン博士の言と態度からすると、なにかもっと深い子細があるにちがいなかった。

それから一週間後、ラニヨン博士は病床に伏した。そして二週間とたたずに旅立ってしまった。悲しみを抱いて参列した葬儀の夜、アタスン氏は執務室のドアに鍵をかけると、親友の直筆で宛名が書かれ、封印された書類封筒を取り出し、自分の前に置いた。〈親展。J・G・アタスンひとりの手に。また同人が先に死亡の節は読まずに焼却のこと〉力点付きの但し書きまであって、弁護士は内容を見るのがこわかった。〈今日友人をひとり埋葬した。これでもうひとりを失ったら、どうなる〉そう思ったが、そんな心配は友への不信だと思い直し、封を切った。なかにもう一通封筒があり、おなじように封印されて、表書きに〈ヘンリー・ジーキル博士の死亡または失踪まで開封せぬこと〉とあった。アタスン氏は目を疑った。失踪か。またしても。とうに作成者に返却したあの狂気の遺言状にあった文句がここにもあらわれ、おなじく失踪の想定とヘンリー・ジーキルの名が、括弧付きで出てきた。しかし、遺言状では、その考えはハイド氏という男の邪悪な示唆からとびだしたもので、あまりに明白な、恐ろしい目的をもって付記されていた。ラニヨン博士の手で書かれたそれは、いったいなにを意味するのか。大いなる好奇心が保管人であるアタスンをかりたて、こうなったら禁止を無視して、数多い謎の核心へいきなり飛び込んでやろうかと思った。だが、職業的良心と、亡き友への信義は、厳守すべき義務だった。遺言状のはいった封筒は、機密金庫の奥底に眠りつづけた。

好奇心を我慢するのと、好奇心をねじふせるのとはべつである。その日以降アタスン氏が、存命する友人との交際をそれまで同様、ただ真剣一途に望んだかどうかは疑わしい。友を快く思ってはいたが、いまその思いは穏やかでなく、どこかにおびえがあった。訪問はしたが、門前払いにあうと、だからほっとした。きっと内心では、あの自己拘禁の家に入れてもらい、不可解な隠遁者《いんとんしゃ》とすわって口をきくよりも、自由都市ロンドンの空気と音に囲まれて、プールと立ち話をするほうがよかったのだ。じつのところ、そのプールにきかされるのも、うれしくない知らせばかりだった。どうやら医師は、実験室の上の私室にいよいよ引きこもり、ときにはそこで寝ることもあるようだった。沈みきって、ひどく寡黙になり、読書もしない。なにか心に屈託があるらしいという。アタスン氏はそういう報告の毎度おなじ内容に慣れてしまい、だんだん訪問が間遠になった。

窓辺の出来事

日曜日、アタスン氏とエンフィールド氏は、いつもの散歩の途中、はからずもまた裏通りにはいり、例の戸口の前にくると、ふたりとも立ちどまって、じっと目をあてた。

「なんだな」エンフィールド氏がいった。「あの一件も、けりがついたことだけはたしかだな。二度とミスター・ハイドに会うことはあるまい」

「そうあってほしいよ」と、アタスン氏はこたえた。「いったかな。わたしも一度見かけ、きみとおなじ嫌悪を感じたんだ」

「見たら感じずにはいられないさ」エンフィールドはきめつけた。「それにしても、ここがドクター・ジーキル宅の裏口だとは知らなかったなんて、わたしをさぞ間抜けと思っただろうね。それがやっとわかったのは、ひとつにはきみのおかげだ」

「そうか、きみもわかったか。よし、それならひとつ、路地にはいり、窓を見てみようじゃないか。じつをいうと、わたしはかわいそうなジーキルが心配でならないんだ。たとえ外に立つ友人でも、友人の姿には気が晴れるんじゃないか」

袋小路はひんやりして、すこし湿っぽかった。高空《たかぞら》にはまだ夕日の残光が明るいが、路地にははやくも黄昏《たそがれ》が充満していた。三つならぶ窓のまんなかのひとつが半分押し上げられ、アタスンはその窓辺にかけているジーキル博士を見いだした。絶望した囚人さながらの、いいようもなく悲しげな顔つきで外気にあたっていた。

「おーい！　ジーキル！」呼ばわった。「元気そうじゃないか」

「元気なものか」憂鬱そうな返事があった。「しおれきってるよ。なに、もう長くはないんだ、ありがたいことに」

「引きこもりすぎだよ」弁護士はいってやった。「すこし外に出て、このミスター・エンフィールドやわたしのように、血液を循環させたほうがいい（あ、ドクター、こちらは親戚のエンフィールドだ）。さあ、帽子をかぶって、いっしょにひと歩きしようじゃないか」

「親切はうれしい」と、窓の人はいった。「そうしたいのはやまやまだが、だめだめ、とても無理だ。やめておく。しかし、アタスン、きみの顔を見られたのはうれしい。本当だ、とてもうれしい。きみにもミスター・エンフィールドにも上がってもらいたいが、人をもてなせるところじゃないんだ」

「だったら」と、弁護士は気さくにいった。「いちばんいいのは、われわれはこの下にいて、ここからきみとしゃべることだ」

「じつはいま、わたしもそういおうと思ったんだ」医師は笑顔を見せていった。だが、その言葉が出るか出ないかに、顔から笑みはさっと消え、あとにうかんだのは、目もあてられぬ恐怖と絶望の表情で、それは下のふたりの男の血を凍らせた。その表情は一瞬見えただけで、すぐさま窓は引き下げられた。しかし、その一瞥《いちべつ》でじゅうぶんで、ふたりはなにもいわずにきびすを返し、角を曲がった。やはり無言のまま裏通りを横断した。つぎの大通りは、日曜でもまだ昼間のざわめきがのこっていたが、そこまできてようやく、アタスン氏は首をめぐらせて連れを見た。ふたりとも血の気がなかった。どちらの目にも、呼応する戦慄《せんりつ》の色があった。

「神よ、ご加護を、神よ、ご加護を」アタスン氏は口中となえた。

だが、エンフィールド氏は沈痛にうなずいただけで、ふたたび無言で歩きだした。

最後の夜

ある晩の食後、アタスン氏が炉端にかけていると、プールが訪ねてきてびっくりさせられた。

「おいおい、プール、どういう風の吹きまわしだ」彼は声をうわずらせ、もう一度相手の顔を見た。「なにかあったのか。ドクターが具合でも悪いのか」

「ミスター・アタスン」執事はいった。「どうも変なんです」

「まあかけて、ワインを一杯やるがいい」弁護士はすすめた。「よし、あわてなくていいから、どういうことなのか、はっきり話してくれ」

「ドクターのちょっと変わったところはご存じでしょう」プールはきりだした。「ひとり閉じこもるのもご存じですね。じつはまた私室にこもってしまい、どうもわたしには、それが面白くないんです――あれを面白がるようなわたしは、死んでしまえばいいんです。ミスター・アタスン、わたしはこわいんです」

「さあさあ」弁護士はなだめた。「はっきりいうがいい。いったいなにがこわい」

「この一週間ばかり、気が気でないんです」プールはきかれたことに、なかなかこたえようとしなかった。「これ以上耐えられません」

外見もその言葉を裏づけた。よそ目にもう日ごろの執事ではなく、最初に憂慮をつげたとき以外、一度も弁護士の顔をまともに見ようとしなかった。いまもワインのグラスを、まだ口をつけずに膝にのせて、目は床の片隅にそそがれたままだった。「もう耐えられません」とくりかえした。

「さあ」弁護士はうながした。「それ相当の理由があるんだろう、プール。なにかよほど深刻なことだとはわかる。いってみるがいい」

「どうも人殺しがあったんじゃないかと」声がかすれた。

「人殺し?」弁護士は声を大にした。そら恐ろしいものを感じ、それが苛立《いらだ》ちを呼んだのだ。「なんだ、人殺しとは。どういう意味だ」

「わたしの口からはいえません」それが返事だった。「いっしょにきて、ご自分の目で見てくれませんか」

椅子を立ち、帽子と外套を手に取ったのが、アタスン氏の返答だった。だが、彼は執事の顔にうかんだ大いなる安堵を怪訝《けげん》そうに見やり、執事がグラスを置いて自分も立ったとき、まだワインがそのままなのにも怪訝な思いをした。

三月相応の、風の吹く冷えびえした夜で、空には強風に寝かされたような青い上弦の月がかかり、寒冷紗《かんれいしゃ》を思わすふわふわの雲が疾走していた。風は会話を困難にし、頬の色をまだらにした。通行人まできれいに吹き払われたのか、すっかり無人の街路はどこか異様だった。アタスン氏はロンドンのそのあたりに、そこまで人影がとだえたのをはじめて見る気がした。いまはその逆であってほしかった。人間を目で見、手で触れたいとの思いが、これほど痛切だったことはない。いくら気にすまいとしても、胸の内には破滅の予感が重くのしかかっていた。広場にくると、風と土ぼこりがすさまじく、公園の細い立ち木は、手すりにかぶさるようにして一斉に撓《しな》っていた。途中ずっと一歩か二歩先んじていたプールが、歩道のまんなかで立ちどまり、身を嚙む寒さなのに帽子を脱いで、赤いハンカチでひたいの汗をぬぐった。だが、いそぎにいそいできたのに、ぬぐうのはからだを激しく動かしたための汗ではなく、なにか息の詰まるような苦悩からくる脂汗だった。顔が真っ青で、しゃべる声はとぎれ嗄《しゃが》れた。

「さあ、着きました。神様、どうか何事もありませんように」

「そう願うよ、プール」

執事はおそるおそるノックした。鎖のかかったドアがひらき、なかからたずねる声があった。「だれだ、プールか」

「大丈夫だ」プールはこたえた。「あけてくれ」

ふたりがはいったとき、玄関広間には明るい灯がともっていた。暖炉の火が盛大に燃え、そのまわりに男女の使用人が全員、羊の群れのように寄りあつまって立っていた。アタスン氏を見ると、メイドがわっと泣いて泣きやまず、料理女は、「ああよかった！ ミスター・アタスンがきてくれた」と叫ぶなり、客を両手で抱きしめるいきおいで走り出た。

「なんだ、なんだ、みんなあつまって」弁護士のいいかたに咎《とが》めがひびいた。「ふつうじゃないぞ、見よいものじゃないぞ。主人が知ったら、よろこんでもらえることではないと思え」

「みんなおびえてるんです」プールがいった。

だれもなにもいいかえさず、虚《うつ》ろな沈黙がきた。ただメイドだけが声を大きくし、あたりかまわず泣いた。

「しずかにしないか！」プールが叱ったが、口調の激しさが、自身の神経のたかぶりをしめした。執事だけでなく、メイドが急に泣き声をはりあげたとき、全員がぎくりとなって、恐れ待ち受ける顔を奥のドアへ向けていた。「よし」執事はいって、台所の下働きの少年のほうを向いた。「ろうそくを取ってくれ。すぐたしかめよう」そしてアタスン氏に、いっしょにきてほしいというと、先に立って庭へ向かった。

「いいですか。できるだけそっときてください。きき耳を立てて、でも、なにも気取られないように。それから、万一はいってくれといわれても、行ってはいけません」

こんな成り行きを予想もしなかったから、アタスン氏の神経はぴくっととびはね、すんでにからだのバランスを失いかけた。だが、気を取り直して執事のあとから、実験棟にはいり、木枠やびん類の置かれた解剖室を通って、小階段の上がり口まで行った。そこでプールが弁護士に、わきに立って耳をすますよう手ぶりでしめし、自分はろうそくを下に置くと、見るからに一大決心をしてから、小階段を上がり、私室入口の赤ラシャ張りのドアをためらう手でノックした。

「ミスター・アタスンがお目にかかりたいそうです」大きな声でつげ、そうしながらもう一度、弁護士に耳をすます懸命の動作をして見せた。なかからこたえる声があって、「いまはだれにも会わないといえ」と、いやそうにつげた。

「わかりました」声になんだか勝利感のようなものをひびかせていうと、プールはろうそくを取り上げ、ふたたびアタスン氏の先に立って、庭を抜け、広い家事室にはいった。もう火は消えて、床にゴキブリが這《は》いまわっていた。

「どうです」アタスン氏の目をひたと見ていった。「あれは主人の声でしたか」

「ずいぶん変わったみたいだ」弁護士は蒼白な顔で、しかし、執事をじっと見返してこたえた。

「変わった……そうなんです、わたしもそう思います」執事はいった。「この家に二十年暮らして、あれが主人の声なら、きき間違うでしょうか。それはありえません。主人は殺されたんです。八日前、神の名を出して、大声で叫ぶのがきこえましたが、きっとあのときです。では、いまあそこにいるのは、主人でなくてだれなんでしょう。なぜあれは、変な声を出すあれは、あそこから出てこないんでしょう」

「奇怪な話だ、プール。べらぼうな話といってもいい」アタスン氏はいって、爪を噛んだ。「かりにきみの想像どおりだとして、つまりジーキル博士が——殺されたとして、なんだって犯人がいつまでも現場にいるんだ。いる必要がない。理にかなわぬ話だ」

「ミスター・アタスン、あなたに信じてもらうのは容易じゃありませんが、きいてもらいましょう」プールは頑張った。「この一週間ずっと（ご存じでしょうけど）、主人というか、あれというか、とにかくあの部屋にいる何者かは、日夜なにやら薬みたいなものをもとめて叫び、それが思うようにならないんです。前からあの人は——いえ、主人は、ときどき紙にわたしへの指示を書いて、階段にぽいと出しておくことがありました。それがこの一週間というもの、そればかりです。紙があって、ドアは閉じたままで、食事はそこに置いておくと、だれも見ていないときに部屋へ入れるんです。毎日毎日、それも一日に二度三度、注文と苦情があって、そのつどわたしは町じゅうの薬種問屋へ走らされました。注文の品を買って帰ると、すぐまたつぎの紙が出ていて、純度が落ちるから返してこいという指示で、わたしはまたべつの店に走るんです。なんのために必要なのか、よほどほしい薬のようです」

「その紙、持ってるかね」アタスン氏はきいた。

プールはポケットをさぐり、しわくちゃの紙片を一枚さしだした。弁護士はろうそくの間近に背をまるめ、入念に目を通した。内容はこうだった――。〈ジーキル博士よりモウ商店に一筆。貴店よりの最後のサンプルは不純なため、当方の目下《もっか》の用途にはまるで役に立たない。一八――年、小生J博士は貴店よりやや大量に購入しているが、よくよく入念にさがし、まだ同質のものがあれば至急届けてもらいたい。代価は考慮の外である。本件のJにとって重要なること、いかに誇張してもしすぎることはない〉ここまでの文面は、まだ冷静を保っていたが、ここにきて突然ペンは乱れ、書き手の感情は抑制をなくした。〈おねがいだ〉と、最後に付け加えてあった。〈なんとかして以前のものを、いくらかでもみつけてくれ〉

「異常な手紙だな」アタスン氏はいってから、口調を厳しいものにした。「どうしてこれが開封されているんだ」

「店の人がかんかんに怒って、汚いもののように投げ返してよこしたんです」プールはこたえた。

「これはたしかにドクターの筆跡だが、きみにもわかるか」

「わたしの目にもそう見えました」執事はちょっとぶすっとした調子でいった。そのあとまた口調を改めて、「でも、筆跡がなんでしょう。わたしは姿を見ました」

「見た？」アタスン氏はききかえした。

「見たんです！」プールはくりかえした。「というと」「こうなんです。わたしは急に庭から解剖室にはいりました。そのとき主人は、薬だかなんだかをさがしに、そっと出てきていたらしいんです。私室のドアがあいていて、解剖室のいちばん奥で、梱包用の木枠のあいだをごそごそやっていました。わたしがはいって行くと顔を上げて、妙な声で叫ぶなり階段をかけあがり、私室に消えました。見たのはほんの一瞬でしたが、わたしの頭の毛は鳥の冠毛のように逆立ちました。あれがわたしの主人なら、なぜ顔を仮面で隠していたんでしょう。もしもあれが主人なら、なぜ鼠が鳴くような悲鳴をあげて、わたしから走って逃げたんでしょう。わたしは長年仕えているんです。それなのに……」そこまでいって口をつぐみ、顔の前で手をひとふりした。

「なんとも奇怪なことばかりだな」と、アタスン氏。「しかし、すこし見えてきた気がする。プール、どうやらきみの主人は、かかると苦しみあえぐばかりか、肉の変形をきたす、あの種の病魔にとりつかれたようだ。わたしの知るかぎり、声変わりもそのせいなら、仮面をつけるのも友人を避けるのもそのせい、懸命に薬をもとめるのもそれでだ。かわいそうに、その薬に治癒の一縷の望みをつないでいるんだ——裏切られぬよう神に祈るしかないな。わたしに説明させれば、そんなところだ。悲しいことだし、思うだにおぞましいが、それなら明白というか、無理がないというか、符節《ふせつ》が合うし、とんでもない憶測や邪推からわれわれも救われる」

「だけど」顔をまだらな蒼白にして、執事はいった。「ほんとのところ、あれは主人じゃありません。わたしの主人なら——」そこで周囲を見まわし、声をひそめた。「背が高くて、立派な体格ですが、あいつはちびでした」アタスンが文句をいいかけると、プールは、「お待ちを」と、声をはりあげた。「二十年仕えた主人がわからないと思いますか。主人の頭が部屋の入口のどの高さまでくるか、二十年、毎朝毎朝見ていてわからないと思いますか。いいえ、あの仮面をつけたやつは、ドクター・ジーキルなんかじゃありません。何者かは神様だけがご存じですが、ドクター・ジーキルでないことだけはたしかです。そして、わたしの心底信じるところをいうなら、きっと殺人がおこなわれたんです」

「プールよ」弁護士はいった。「きみがそこまでいうなら、確認するのはわたしの務めになるだろう。きみの主人の気持ちは尊重したいし、この手紙は彼がまだ生きているという証拠だから、首をかしげざるをえないが、こうなるとあのドアから押し入るのは、やはりわたしの務めかと思う」

「ああ、ミスター・アタスン、よくいってくれました」執事は大声を出した。

「そこでつぎの問題だが」アタスンはつづけた。「それをだれがやる」

「だれって、わたしたちふたりでです」返事に迷いはなかった。

「よし、それで決まりだ」と、弁護士。「たとえ結果がどうなっても、わたしが責任もって、きみに貧乏くじを引かせはしない」

「解剖室に斧があります」プールはつづけた。「あなたは竈《かまど》の火掻き棒を」

弁護士は重い頑丈な道具を手に取り、にぎり具合を試した。「わかってるだろうな、プール」目を上げていった。「いまからふたりとも、いささか危険な状況に身を置くことになる」

「でしょうね」執事はこたえた。

「では、率直に話したほうがいいだろう。おたがい腹の内をみなまで口にしてはいない。このさい腹蔵なしにいこう。きみが見たという仮面の男だが、それがだれかわかったかね」

「それが、あっという間のことで、おまけにそいつは身を二つ折りにしていたので、はっきりいいきる自信はありません」執事はこたえた。「しかし、もしやミスター・ハイドだったのではないか、といわれるのなら——そうです、わたしはそう思います。なにぶんその、背丈もおなじなら、軽くてすばやい身のこなしもそっくりでした。だいたいあの男以外のだれが、実験室の入口からはいってこれるでしょう。お忘れじゃないと思いますが、あの議員殺害事件があったとき、彼はまだ鍵を持っていたんですよ。いいえ、それだけじゃありません。うかがいますが、ミスター・アタスン、あなたは問題のミスター・ハイドに会ったことは」

「ある」弁護士はこたえた。「一度口をきいている」

「それなら、わたしども同様にご存じでしょうけど、あの男にはどこか異様なところがありました。なにかこう、人をぞくりとさせるというか——うまくいえませんが、骨まで凍らせるような気色《きしょく》悪いもの、とでもいいますか」

「なにを隠そう、わたしもそれを感じた」

「やっぱり」と、プール。「あの仮面の男が薬品の容器のあいだから、猿のようにぱっと跳んで私室に消えたときは、背筋をひやっとするものが走りました。むろん、ミスター・アタスン、それだけでは証拠にならないのは知ってます。耳学問でもそれぐらいはわかります。しかし、だれだって勘が働きますし、誓ってもよろしい、あれはミスター・ハイドでした」

「そうか。じつはわたしの危惧《きぐ》も、おなじだ。禍《わざわい》だよ、あのふたりの根底には禍があって、いずれ出てくるにきまっていたんだ。そうとも、きみのいうとおりだ。わたしも、ジーキルはかわいそうに殺されたと思うし、犯人は(なんのためかわからんが)、まだ被害者の部屋にひそんでいると思う。さあ、もはや報復あるのみだ。ブラッドショーを呼びなさい」

呼ばれた馬丁が、青い顔をして、おどおどしながらあらわれた。

「しっかりしろ、ブラッドショー」弁護士は活を入れた。「この異常事にみんなおびえているのはわかる。そこでいまから、きっぱりけりをつけてやろうと思う。プールとわたしとで、あの部屋に押し入るつもりだ。はいってからのことは、わたしが一切の責任を負う。しかし、じつのところなにがあるかもわからず、犯人が裏口から逃げることもあろうから、きみは若いのに手伝わせ、棍棒を持って角を曲がり、実験室の裏口に待機しろ。きみらが位置につくまで十分待つ」

ブラッドショーが出て行くと、弁護士は腕時計を見た。「さて、プール、こちらもとりかかろう」そういって、火掻き棒を腋《わき》の下にはさみ、先に立って庭に出た。いつのまにか雲が月を隠して、すっかり暗くなっていた。風は建物の谷間にきれぎれに吹き込んでは、足元を照らすろうそくの火をゆらめかせた。解剖室の陰にはいったふたりは、黙って腰をおろして待った。ロンドンの低いうなりは、重々しく周囲に満ちているが、もっと間近では、静寂を破るものは私室の床を歩きまわる足音だけだった。

「ああやって一日じゅう歩いてるんです」プールがささやいた。「夜も長いことあるんです。薬屋からあたらしいサンプルが届いたときだけ、ほんのすこしとぎれます。安息のあれほどの敵は、気の咎めしかありません。あの一歩一歩に、汚い血が滴《したた》っています。ほらまた、すこし近くまできています。よく耳をすましてください、ミスター・アタスン、どうです、あれがドクター・ジーキルの足音でしょうか」

のろのろした歩きかたなのに、立てる足音は妙に軽やかで、一種のはずみを持っていた。たしかにヘンリー・ジーキルの軋《きし》み音をともなう重い足音ではなかった。アタスンはため息をついた。「あれのほかには、なにもきこえないのか」

プールはうなずいて、「そういえば一度」といった。「一度だけ泣き声が」

「泣き声？　それはまたどういうのだ」弁護士はききかえし、にわかに冷えびえする恐怖に襲われた。

「女が泣くような、というか、地獄落ちした魂が泣くような声でした」執事はこたえた。「はなれてもまだ胸のなかできこえて、こっちまで泣きたくなりました」

そろそろ十分が経過するところだった。プールは梱包用の藁山《わらやま》の下から斧を取り出した。ろうそくが手近のテーブルに置かれ、押し入る男たちを照らした。ふたりは息をひそめて、夜の静寂のなかに疲れを知らぬ足音が、あいかわらず行きつもどりつしているところへ近づいた。

「ジーキル」アタスン氏が声をはりあげた。「今日こそは会ってもらうぞ」そこで間《ま》をおいたが、返事はなかった。「いっとくが、われわれはみな不審の念を抱いているから、なんとしてもきみに会わなくてはならないし、会うつもりだ」そこで切って、いいそえた。「正当な手段がだめなら、不当な手段に訴えてもいい。きみの承諾がないなら、力ずくでもやる」

「アタスン」あの声がいった。「やめてくれ、慈悲だと思って」

「ははあ、その声はジーキルじゃないな。ハイドの声だ！」アタスン氏はどなった。

「よし、プール、たたっこわせ」

プールは斧を大きくふりかぶった。強打は建物を揺るがし、赤ラシャ張りのドアが、錠と蝶番《ちょうつがい》に抗してはずんだ。おびえた動物を思わせるいやな悲鳴が、室内からきこえた。また斧がふるわれ、またドア板が割れ、ドア枠がふるえた。強打は四度におよんだが、ドア板は頑丈で、金具類の細工は上等だった。ようやく五度目で錠前がばらばらに壊れ、割れたドアが室内にふっとんで、絨毯の上に倒れた。

ふたりの破壊者は、自分たちの蛮行と、そのあとにきた静寂に唖然となり、一歩下がってのぞきこんだ。目の前にあらわれた部屋は、しずかにともるランプに照らされて、暖炉には火が燃えさかり、火床《ひどこ》のケトルがぴいぴい細い声で鳴いていた。引き出しがひとつふたつあけっぱなしで、事務机には書類がきれいにそろえられ、火の近くにはお茶の道具が出ていた。その夜、ロンドンでいちばんしずかな、そして薬品でいっぱいのガラス戸棚がなければ、いちばんありふれた部屋といえそうだった。

室内中央に、無残にゆがみ、それでもまだぴくぴく痙攣《けいれん》している、男のからだが倒れていた。ふたりは爪先立って近づくと、仰向けにして、エドワード・ハイドの顔に目をみはった。着ている服はぶかぶかで、それは医師の体格に合う寸法だった。顔の筋肉はまだ生命あるもののように動いたが、もう生命はどこにもなかった。手ににぎった割れた小瓶と、あたりにただようきつい甘酸っぱいにおいで、アタスン氏は自殺者の死体を見おろしていることを知った。

「おそかった――救うにも、懲らすにも」彼は口調を厳しいものにした。「ハイドはあの世へ行った。これでもうわれわれの仕事は、きみの主人の遺体をみつけることだけになった」

その棟は大部分が解剖室で、一階のほぼ全体を占め、灯火は天井から照らしていた。二階の一方の端が私室で、路地に面している。解剖室から裏通りの戸口には廊下が通じ、その裏口と私室をつなぐもうひとつべつの階段があった。ほかには暗いクロゼットがいくつかと、広い地下室があった。ふたりはそれらをくまなく見てまわった。クロゼットはどれもひと目見ればじゅうぶんだった。ぜんぶからっぽで、ドアから落ちるほこりからすると、もう長いことあけられていなかった。地下室はどうしようもないがらくたで埋まり、そのほとんどがジーキル博士の前の住人だった外科医の時代のものだったが、ドアをあけたとたん、分厚く張って長年入口をふさいでいた蜘蛛《くも》の巣が垂れさがり、それ以上さがすことのむだを知らされた。生死いずれにせよ、ヘンリー・ジーキル博士の姿はどこにもなかった。

プールが廊下の敷石をかかとでたたき、反響音をききながら、「きっとここに埋められたんです」といった。

「でなければ逃げたか」アタスン氏はいって、裏通りに出るドアを調べた。鍵がかかっていた。そして、そばの敷石の上に、錆びかかった鍵が落ちているのをみつけた。

「これは使っていないんじゃないか」弁護士はいった。

「使うもなにも、ほら、欠けてるのが見えませんか。踏んづけて壊したみたいに」

「うん。破断面も錆びている」ふたりの男は、おびえた視線を交わした。「プール、どういうことなのか、わたしには考えがつかない。もう一度あの部屋へ行こう」

ふたりは黙って階段を上がると、まだ竦んだ視線を死体にちらちら走らせながら、室内のものをいっそう入念に点検しにかかった。あるテーブルには、化学実験の痕跡がのこり、いくつかのシャーレに計量した白い塩のようなものが盛ってあった。それがさも不幸な男が実験を中断された印象を与えた。

「わたしがいつも買って帰った薬です」プールがいい、みなまでいわぬうちに、ケトルの噴きこぼれる音におどろいた。

その音でふたりは炉端に移った。そこには安楽椅子がちょうどいい位置に寄せられ、すわる人の肘のそばにお茶のセットが用意されて、カップには砂糖まではいっていた。棚には数冊の本があり、一冊はティーカップの横にひらいて置いてあった。それはジーキル博士が、何度か多大な称賛をしめした信仰の書で、いまそれに、彼の手ですさまじい冒瀆《ぼうとく》語まじりの書き込みがあるのを見て、アタスン氏はおどろいた。

ついで、室内を点検していた捜索者たちは、姿見の前にきて鏡面をのぞいたとたん、思わずぞっとした。が、じつは鏡の向きの具合で、そこに映っているのは、ただ天井にゆらめく暖炉のばら色の火影と、戸棚のガラス面の端から端まで無数にはじける火花の反射、そして背をかがめてのぞきこむ自分たちの青ざめおびえた顔だけだった。

「この鏡は、いろいろ奇怪なものを見てきたんですね」プールがささやいた。

「いちばん奇怪なのは、鏡そのものだ」弁護士も声をひそめていった。「いったいジーキルは、なんだって——」いいさして、はっと黙ったが、弱気をねじふせて、「ジーキルはなんでこんなものが必要だったんだろう」とつづけた。

「まったくです」プールも同意した。

つぎにふたりは事務机へ行った。机上には、きちんとそろえられた書類の上に大型封筒が置かれ、医師の筆跡でアタスン氏の名が書かれていた。弁護士が開封すると、なかの書類が何枚か床に落ちた。ひとつは遺言状で、彼が半年前に返したのとおなじ異常な条件で書かれ、死亡のさいは遺留証書、失踪のさいは譲渡証書となるものだった。だが、弁護士はそこに、エドワード・ハイドの名ではなく、自分、ガブリエル・ジョン・アタスンの名を読んで、言葉にしようもないほど仰天した。彼はプールの顔を見てから、また書類に目をもどし、最後に、絨毯の上によこたわる悪党の死体を見た。

「頭がくらくらしてきた」と、彼はいった。「この男、このところずっとこれを持っていたんだ。さぞわたしが憎かったろう。相続権を奪われたと知っては、荒れ狂ったにちがいない。だのに証書を処分していない」

つぎの書類を手に取った。やはり医師の筆跡によるみじかい書面で、頭に日付がはいっていた。「おい、プール!」弁護士は大声を出した。「彼は今日、生きてここにいたんだ。だったら、そうおいそれと殺されて始末されはしないから、まだ生きていて、きっと逃げたんだ。しかし待てよ、いったいなぜ、どうやって逃げたんだ。そのばあい、自殺を宣言していいものかどうか。うん、ここは考えどころだぞ。へたをすると、われわれがきみの主人をとんだ破滅に追いやらぬものでもない」

「読まないんですか」プールがきいた。

「こわいんだ」弁護士は大まじめにこたえた。「神よ、どうか杞憂《きゆう》でありますように」そういって、書面を目の前に持ってきて、つぎのように読んだ。

〈親愛なるアタスン。これがきみの手に落ちるころ、わたしは姿を消しているだろう。どういう状況でかは、予知力を持たぬからわからないが、わたしの本能と、名づけようのない立場に置かれたわたしの目下の状況は、終末が確実であること、そのおとずれのはやいことをつげる。ついては、まず最初に、ラニヨンがきみの手に渡すといっていた手記を読んでもらいたい。その上で、さらに知りたいと思うなら、わたしの告白に移ってほしい。

きみにはふさわしくない不運な友人　ヘンリー・ジーキル〉

「もう一通あったな」アタスン氏はきいた。

「はい、ここに」プールはこたえて、数か所に封印のあるかなり分厚い包みを手渡した。

弁護士はそれをポケットに入れた。「これについては、わたしはなにもいわない。きみの主人が逃げたのなら、あるいは死んだのなら、われわれはすくなくとも彼の名誉を守らなくてはならない。いま十時だ。この書類は、自宅に帰ってしずかに読みたい。が、十二時までにはもどってくるから、警察にはそのとき知らせよう」

ふたりは解剖室の外へ出て、ドアに鍵をかけた。そしてアタスン氏は、広間の火のまわりにあつまった使用人たちをふたたびあとにして、いよいよ謎の解明がなされるだろう二通の手記を読むべく、足どり重く自分の執務室に帰って行った。

ドクター・ラニヨンの手記

一月九日、いまから四日前、わたしは夕方の配達で一通の書留を受け取った。封筒には、同業者で昔なじみの同級生、ヘンリー・ジーキルの自筆サインがはいっていた。これにはめんくらった。われわれには文通の習慣はまったくなかったからである。しかも彼とは前夜会って、いっしょに食事もしている。だいいちふたりのあいだで、改まって書留を必要とすることなど、まるで思いあたらなかった。その内容には、いよいよ首をかしげた。書面はこうあった——。

〈親愛なるラニヨン。きみはわたしの最も古い友人であり、ときに医学上の問題では意見の合わぬこともあったが、たがいの友情にひびのはいったことは、わたしに関するかぎり記憶にない。もしもきみから、「ジーキルよ、わが命、わが名誉、わが理性は、ひとえにきみにかかっている」といわれたなら、わたしは全財産をすて片手をすてても、きみの力にならぬ日は、一日もなかっただろう。ラニヨンよ、わが命、わが名誉、わが理性は、すべてきみの思いのままだ。今夜きみに見はなされたら、わたしはおしまいだ。この前置きを読んだら、わたしがきみに、なにか厚顔無恥なことを依頼すると思うかもしれない。無恥かどうか、判断はきみにまかせる。

今夜予定していることはぜんぶ延期してほしい――そう、国王の病床に呼ばれていてもだ。きみの馬車が玄関先にいればともかく、でなければ辻馬車をひろい、手順をたがえぬようこの手紙を手に、まっすぐわたしの家まできてほしい。執事のプールに指示してあるから、彼は錠前屋を連れてきみの到着を待っている。わたしの私室のドアの鍵をあけさせ、部屋にはきみひとりがはいってくれ。左側の戸棚のガラス戸(Eの表示)を、もしも閉じていたら錠前を壊してひらき、上から四番目、または(おなじことだが)下から三番目の引き出しを、中身ごとそっくり抜き取ってもらいたい。いまは頭が極度に混乱しているので、あるいは指定を間違えてはいまいかと、ひどく不安だ。しかし、かりにわたしが間違えても、きみにはその引き出しが中身でわかると思う。すなわち、少量の粉末、小瓶一本、ノート一冊だ。どうかその引き出しをキャヴェンディッシュ広場のきみの家まで、そのまま持ち帰ってくれないか。

以上が頼みの前半だ。つぎに後半。これを受け取ってすぐに家を出るなら、真夜中までにだいぶ時間を余して帰宅できるはずだ。それだけの余裕を見たいのは、回避も予測もできぬ支障の出来《しゅったい》を恐れるからだけでなく、帰宅後やってもらうことのためには、きみの使用人の就寝中、すくなくとも一時間という時間がほしいからだ。さて、真夜中、きみに頼みたいことは、診察室にきみひとりになり、わたしの名を名乗る男があらわれたら、なかに通して、わたしの戸棚から持ち帰った引き出しを男に手渡すことだ。それできみの役割はおわり、わたしの満腔の感謝を受けるだろう。どうしてもわけを知りたいなら、ものの五分も待てば、きみはこれらの手はずが重要このうえなく、たとえどんなに異様に思えても、そのひとつなりとも不履行があれば、おそらくきみは、わたしの死、もしくはわたしの理性の破綻により、良心の咎めを受けていたにちがいないことを理解するだろう。

きみがこの依頼を粗略には扱わぬと確信するものの、その可能性を思っただけで、わたしの心は沈み、手はふるえる。いまこの時間、わたしは人知れぬ場所で、どんな誇大な夢想もおよばぬ暗黒の苦悩にあえいでいると思ってくれ。けれども、きみがわたしの指示に忠実に従ってくれさえすれば、すべては語られる物語のように流れ去るとわかっているのだ。親愛なるラニヨン、どうかひと肌脱いで、きみの友であるH・Jを救ってくれ。

追伸。

これを封印してから、ふと、あらたな恐怖がわが胸に宿った。郵便局の手違いで、この手紙が明日でなくては、きみの手に届かぬこともなしとはしない。そのばあいは、親愛なるラニヨンよ、明日の昼間、きみのいちばん都合のいいときに、依頼の件を実行してほしい。そして、やはり真夜中、わたしの使いが訪ねると思ってくれ。が、その前に、すでに手遅れかもしれないのだ。訪ねる者もなく一夜が過ぎたら、〈ヘンリー・ジーキルはもはやこの世にいないと思ってくれ〉

この手紙を読んだわたしは、同業の友が気が狂ったと確信した。しかし、それが疑いの余地なく立証されるまでは、要請されたとおりにする義務があると思った。この不可解な話が不可解なままでは、その重要性を判断することもできず、これだけ言葉を尽くしての依頼を無下《むげ》にしりぞけては、重大な責任になるだろう。そこでわたしはテーブルからはなれ、馬車に乗って、まっすぐジーキルの家へ行った。執事がわたしの到着を待っていた。彼もわたしへの配達とおなじ便で書留の指示書を受け取っていたから、ただちに錠前屋と大工を呼んだ。職人たちは、われわれがまだ話しおえぬうちにやってきた。一同打ち連れて、ドクター・デンマンの解剖室だった棟へ行った。ジーキルの私室にはいるには、そこからがいちばん都合がいいのは、知ってのとおりだ。ドアは恐ろしく頑丈で、錠のつくりがまた優秀ときている。大工は、これは厄介だ、無理にはいるとなれば相当壊さなきゃ、といった。錠前屋もほとんどお手上げに見えたが、なかなか腕がよく、二時間後、ドアはあいた。Eの表示のある戸棚は鍵がかかっていなかったから、わたしは引き出しを抜くと、藁を詰めて、シートにくるんで縛り、それをかかえてキャヴェンディッシュ広場にもどった。

早速中身を改めた。粉末はちゃんと定量ずつ包まれていたが、薬剤師の手ぎわのよさはなく、ジーキルの仕事であることは明らかだった。薬包をひとつひらいてみると、わたしにはただの真っ白な塩の結晶としか見えぬものがあらわれた。ついで小瓶に注意を移すと、それには血のように赤い液体が半分ほどはいっていて、嗅覚を鋭く刺激し、なにか燐《りん》成分と揮発性エーテルを含むように思われた。それ以外の成分は、推測のしようもなかった。ノートはふつうの練習帳で、ずらりとならんだ日付のほかには、ほとんどなにも書かれていなかった。日付は長年にわたるが、それが約一年前から、とつぜんとぎれているのに気づいた。ところどころ日付に簡単な記載が付され、といってもほんの一語だった。ぜんぶで数百ある欄に、六度ほど〈倍量〉の文字があらわれ、一度だけ、リストのごく最初のほうに、〈大失敗〉とあって、感嘆符が数個ついていた。それらはみな、わたしの好奇心をそそりはするが、たしかなことはなにひとつわからなかった。

要するに引き出しの中身は、なにか薬液のはいった小瓶が一個、薬包入りの塩みたいな粉末、そして、有益な結果にいたらなかったとおぼしい（ジーキルの研究は毎度そうなのだが）一連の実験の記録だけだった。わたしが自宅にあずかるこれらの品々が、常軌を逸した同業者の名誉、正気、あるいは一命に、どうかかわるというのだ。

その使いの男にしても、ここへこられるものなら、直接どこへでも行けるだろう。かりになにか差し支《つか》えがあるにせよ、どうしてわたしがこっそり応対しなくてはならないのだ。考えれば考えるほど、わたしは気のふれた男を相手にしているとの思いを深めるばかりだった。わたしは使用人たちを寝につかせたが、万一護身の必要なときにそなえて、リヴォルヴァーに弾をこめた。

十二時の鐘がロンドン全市に鳴り渡ったと同時に、ドアがそっとたたかれた。わたしが自分で出てみると、小さな男がポルチコの円柱を背にうずくまっていた。

「きみかね、ドクター・ジーキルの使いは」

男はぎくしゃくした手ぶりで、〈イエス〉の意思表示をした。わたしがはいってくれというと、男はすぐには従わず、肩ごしにふりかえって、広場の暗がりを目でさぐった。すこし先を警察官が、半球レンズのはまったランプを手に、こちらへ近づいてきた。それを見て、わたしの訪問者はぎくりとなり、動きを速くしたようだった。

正直、その挙措にはいやな気がしたから、わたしは銃に手をかけて、男のあとから診察室の明るい光に身を入れた。ようやくそこで、はっきり相手を見ることができた。それまで一度も見ていない顔なのはたしかだった。小男であることは、いまいったとおりだ。それよりも、ただならぬ印象を受けたのは、顔つきの気味悪さであり、ぴくぴく動いてじっとしていない筋肉と、見るからに虚弱そうな体質との組み合わせであり、そして——これがまた些細なことではない——その男のそばにいることの妙な不安感だった。それは悪感の切迫症状にも似て、脈拍の乱れをともなった。そのときはただ、特異な気質ともいえる個人的嫌悪感だと思い、症状の急なことをいぶかったただけだが、その後、原因は人間性のもっと深部にあるのだと考え、生理的嫌悪論よりも、なにかもっと高等な原理に注意を向けていいと思った。

その男（そんなわけで、はいってきた瞬間から、不快感まじりの好奇心とでもいうしかないものをわたしに抱かせた）は、それがふつうの人なら、吹き出したくなるような格好をしていた。とはつまり衣服だが、ものは上等で地味なのに、どこもかもがめちゃめちゃに大きすぎた。ズボンはだぶだぶで、裾を地面につかぬようまくりあげ、上着の着丈は尻の下まであり、襟は肩の上にだらりと広がっていた。いうも不思議ながら、その珍妙ななりは、わたしに笑う気を起こさせなかった。それよりも、いまわたしの前にいる人間の本性そのものの内に、なにかしら異常なもの、出来損ないのものがあり、それにはなんだか人につかみかかり、はっとさせ、反感をあたえるところがあった。そのあらたな、服装とのちぐはぐな印象は、いかにも男の本性に合致し、それを強固にもしているように思えた。それで男の性質と人格にたいするわたしの好奇心は、彼の出自《しゅつじ》、生きかた、運命、社会的地位にまでおよんだ。

そうした観察は、書くとずいぶん字数を使うが、せいぜい数秒のことだった。じつはこの訪問者、鬱然《うつぜん》として心逸《こころばや》りを抑えていたのだ。

「持ってきたか」いきなりの大声だった。「持ってるのか」もどかしさのあまり、わたしの腕に手をかけて、揺すぶらんばかりにした。

わたしは男にさわられて、血脈になんだか冷たい痛苦が走るのを感じ、思わず押し返した。「おいおい、忘れないでくれ、わたしはまだきみを知ってもいないんだ。まあかけなさい」わたしはいって範を垂れ、いつもの椅子に腰かけた。夜更けという時間、先入観、そして訪問者にたいするおびえの許す範囲で、日ごろ患者に接するのにほぼ近い態度をよそおった。

「失礼しました、ドクター・ラニヨン」男はていねいなしゃべりかたになった。「ごもっともです。気のあせりが、つい礼儀を置き去りにしました。わたしはここへ、あなたのご同業のドクター・ヘンリー・ジーキルの依頼により、いささか大事な用件できました。で、なんでもその……」いいかけて黙り、片手を喉にあてたその仕草から、うわべの冷静とはうらはらに、わたしは彼が興奮状態《ヒステリア》の切迫とたたかっているのを察した。「なんでも、引き出しとかを……」

そこでわたしも、訪問者の気のもみように知らん顔ができず、自分自身のつのる好奇心もすておけなくなったのだと思う。

「そこにあるよ」わたしはいって、引き出しを手でさした。引き出しはまだシートをかけたまま、テーブルのむこうの床に置いてあった。

彼はとびついてから、ちょっと動作をとめ、胸に片手をあてた。歯が、あごの痙攣的な動きでぎりぎり軋るのがきこえた。顔面が気味悪いほど青ざめ、わたしは彼の命と理性、どちらの持続にも不安を覚えた。

「落ち着いて」といってやった。

彼はぞっとする笑みをふりむけると、破れかぶれのように、いきおいよくシートを剝《は》いだ。中身を見たとたん、ふりしぼるような、大いなる安堵の声を発し、それには椅子にかけたこちらの身がすくんだ。ついで、すっかり平静をとりもどした声で、

「計量グラスはありませんか」といった。

わたしはいささかの努力をもって立ちあがり、請われたものを手渡した。

彼は笑顔でうなずいて謝意をしめし、赤い薬液を計量グラスにほんの少量入れてから、それに粉末の一包《いっぽう》を加えた。混合物は最初赤みをおびていたが、結晶粉末が溶けるにつれ明るい色になり、ぶくぶく発泡する音がきこえ、小さな蒸気を噴きはじめた。不意に、沸騰はおわり、同時に溶液は濃い紫に変わり、その濃さがすこしずつ薄れて淡いグリーンになった。その経過を眼光鋭くみつめていたわたしの訪問者は、笑みをうかべてグラスをテーブルに置くと、向きを転じ、じっとさぐる目つきでわたしを見た。

「さて」と、彼はいった。「のこる仕事をおえなくては。どうです、見聞を広めますか。お目にかけましょうか。それとも、わたしはこのグラスを持って、これ以上なにもいわず、この家から出て行きましょうか。もしかして、飽くなき好奇心のとりこになってはいませんか。よく考えてご返事を。事はあなたが決めたとおりにはこばれるでしょう。ご意向しだいで、あなたはいままでどおりのあなたにとどまり、知見も富もいま以上にはなりませんが、ただ、苦悩の極《きょく》にある男になされた奉仕の記憶だけは、いわば精神の富としてのこることでしょう。それとも、あえてべつの選択をなさるなら、あらたな知的領域と、名声と力へのあらたな道筋が、たったいま、ここで、この部屋で、あなたの前にひらけるでしょう。そしてあなたは、悪魔の不信をもゆるがす驚異を目《ま》のあたりにするでしょう」

「きみ」わたしは、到底あるはずもない冷静さをよそおっていった。「きみは謎めいたことばかりいうが、きかされるわたしの側にあまり信じる気のないことは、不思議でもなんでもないと思う。しかし、わけのわからぬままここまで奉仕したからには、最後を見ずにやめるわけにはいかない」

「よろしい」訪問者はこたえた。「ラニヨン、医家の誓いを忘れてはいまいね。いまからのことは、われらの職業的節義のもとに起きる。さあ、多年狭隘《きょうあい》かつ唯物的見解に縛られてきたきみ、超絶した医学の真価を否定し、自分よりすぐれた人々を嘲笑しつづけたきみ――よく見ておけ」

彼はグラスを口へ持っていき、一気に呷《あお》った。ひと声叫んだ。からだがぐらっとかたむき、足がよろけた。両手がテーブルをつかんでもちこたえた。血走った目で凝視し、口をあけてあえいだ。ついで、わたしが見ているうちに、なにかが――なにか変化が生じた。からだが膨れあがるようで、不意に顔が黒ずみ、目鼻立ちが輪郭をなくして別物になる気がした。つぎの瞬間、わたしははじかれたように立ち、後ろ向きに跳んで壁にぶつかった。片腕が上がって、その怪異から自分を守ろうとし、心は恐怖にどっぷりつかった。

「オー・ゴッド！」わたしは叫んだ。二度三度叫んだ。なぜなら、わたしの目の前に、青ざめてふるえ、意識が遠のきかけているのか、両手を前に出して宙をさぐり、墓場からよみがえったような男が立っていて、それは——ヘンリー・ジーキルだった！

それから一時間かけて彼が語ったことは、到底紙に記す気にはなれない。わたしはこの目で見たことを見、耳できいたことをきき、心はそれに吐き気をもよおした。しかし、あの光景がまぶたから薄れたいま、わたしは自分に、あれを信じるかと問うてみても、こたえられないのだ。わたしの生活は根底から揺らいだ。眠れなくなった。昼夜を分かたず、四六時中、冷えびえする恐怖がわたしにとりついている。もう先は長くない、死ぬほかないという気がする。だが、信じられぬまま死ぬのだ。あの男がわたしに明かした邪悪な精神は、たとえ悔悟の涙ながらの告白だったにせよ、それを記憶によみがえらせただけでも、慄然とせずにはいられない。アタスンよ、ひとつだけいっておくことがあり、（きみがそれを信じられるなら）そのひとつでじゅうぶんだ。その夜、わたしの家に人目を忍んではいってきたやつは、ジーキル自身の告白によれば、ハイドの名で知られ、カルー殺しの犯人として全国に手配されている男だった。

ヘイスティ・ラニヨン

ヘンリー・ジーキルが語る事件の全容

わたしは一八——年、富裕な家庭に生まれ、天稟《てんぴん》に恵まれて、性格は勤勉、交友関係でも、別してできた男たちから一目おかれ、したがって、赫奕《かくやく》たる将来が保証されていたと思われて不思議はない。じっさいわたしの欠陥の最大なるものは、ある種の我慢のきかぬ快楽志向で、世の中にはそれを人生の幸福と心得る男も多いが、わたしのそれは、つねに頭《ず》を昂然ともたげていたい、人前ではことさら威厳を見せたいという、精神の倨傲《きょごう》と相容れなかった。だからわたしは自分のたのしみを隠すことになり、さて分別盛りになって周囲を見まわし、自分の栄達と、いまの地位を見定めにかかったときは、すでに二面的人生に抜き差しならなくなっていた。わたしがひそかにふけるそんな変則性は、人によっては公言してはばかりもしないだろうが、わたしはみずからに設定した意識の高みから見おろしたとき、病的なまでの恥を覚えて、それをひた隠しにした。したがって、わたしをこんなわたしにしたのは、なにかの欠陥の肥大よりは、妥協を許さぬ向上心であり、それがわたしのなかに、人間の二面性をかたちづくるあの善と悪の領域を、大多数の人におけるよりも深いみぞをもって二分したのだ。それだからわたしは、宗教の根底にあって、苦悩の数多い源泉のひとつである人倫の厳しさを深くかつ習慣的に考えるようになった。わたしは二重人格者の最たるものではあったが、決して偽善者ではなかった。わたしの両面は、どちらも真剣そのものだった。自制心をわきにどけて恥にまみれるのもわたしなら、白日の下、自分の知識の増進と、人の悲しみと苦痛の軽減をめざして励むのもわたしだった。わたしの医学研究は、あげて神秘的なもの、超自然的なものに向けられていたが、たまたまその方角に強烈な光が照射され、霊肉のたえまない葛藤という意識をうかびあがらせた。日ごとに、道徳と理知という精神の両面から、わたしはかの真実——ひとりの人間はじつは単体でなく、本当は異なる二面からできているという真実に、じわじわ迫って行った。なまじそんな発見によりわたしは、かくも恐ろしい破滅への道をたどったのだ。

とりあえず〈二面〉といっておく。というのは、わたしの現在の知識のていどでは、そこから先へは進まないからだ。おなじ道を進んで、あとにつづく者はいるだろう。わたしを追い抜く者も出るだろう。そして、あえて予測するなら、ついに一個の人間とは、多様な、相矛盾する、独立した生き物の棲《す》む社会の縮図だと認識される日がくるだろう。わたしはといえば、わたしの生きかたからして、過《あやま》たず一方向に、一方向にのみ進んだ。わたし自身は、わたしが人間の根源的かつ完全な二面性を認識するにいたったのは、道徳面から、それも自分自身の内においてであった。このわたしは、意識の領域でせめぎ合うふたつの人格のどちらかだといえたとしても、それはわたしが根源的に両方をそなえているからにすぎないと知った。わたしはやい時期から――自分の学術的発見のたどる方向が、そんな奇跡のほんの可能性をすら示唆せぬうちから、善悪二要素の分離という着想を、気に入りの白日夢として、たのしみつつ考究することを覚えた。もしもそれぞれを、べつべつの人格に住まわせることができたなら、人生から耐えがたいことはのこらず消えるはずだと思った。邪《よこし》まなほうは、もうひとりの、正しいほうの向上心や自責の念から解放されて、おのが道を行けばいい。そうすれば正しいほうは、もはや自分につきまとう悪魔の手で、恥や悔悟にさらされることなく、善行によろこびを見いだしつつ、着実に、安心して、向上の道を進むことができる。そんな相容れぬ存在がひとつに束ねられ、悶え苦しむ意識の子宮のなかで、まるきり正反対の双子が間断なく戦っているのは、人間の呪いなのだ。では、両者をどうやって分離するか。

考察を大いに深めていたとき、前述のとおり、実験室のテーブルからべつの光がさして、そのテーマを照らしはじめた。するとわたしは、われわれが衣服を着せて歩かせるうわべ丈夫な肉体が、じつは実体を持たずにゆらめくもの、靄《もや》のようなはかないものであることを、かつて論述されたこともないほど深く知覚するにいたった。わたしはある種の薬品に、あたかも風がテントの垂れ幕を吹き飛ばすように、そんな肉の外皮を揺さぶって剝がす効力のあることを知った。わたしの告白の、この学術的脇道に深くは立ち入らないが、それにはふたつの理由がある。ひとつは、われわれの人生の宿命と重荷は、永久に肩にくくりつけられており、それをふりすてようとすると、それまでにない、いっそう恐ろしい重圧がのしかかってくるだけだから。もうひとつは、悲しいことにこの告白があまりにも明白にするとおり、わたしの考究が未完におわっているから。そこで、これだけいうにとどめる。すなわち、わたしは自分の持って生まれた肉体が、じつは精神を構成する諸力の一部たる、ただの霊気であり透過光であることを知っただけでなく、その有力な構成要素を王座から引き降ろす薬剤の調合に成功し、いままでに代わる肉体と顔貌をつくった、と。それはわたしにとって、すこしも不自然なものではない。なぜなら、それはわが精神の内なる下等な要素の発現であり、その刻印が押されているからだ。

わたしはずいぶん迷ってから、その理論を実地に移してみることにした。死の危険があることはよくわかっていた。人格の砦そのものに、かくも強力な作用をおよぼし、砦を揺るがすほどの薬品は、ほんの微量の過剰服用によっても、服用のタイミングをわずかにはずしても、わたしが変えようとする、実体を持たぬ肉体という容器をかき消してしまうかもしれないからだ。だが、そこまで特異かつ重大な発見の誘惑が、ついに危険の予感をねじふせた。そこですぐに薬種問屋から、特殊な塩類を大量に買い入れた。実験によれば、それが最後の必要成分のはずだった。そして、運命の日の夜おそく、所定の成分を調合したわたしは、それがグラスのなかで沸騰して白煙を吐くのに見入り、沸騰がしずまると、勇気を奮い起こして液剤を飲みほした。

激痛がきた。骨々がぎしぎし軋り、猛烈な吐き気が襲い、魂が戦慄した。生みの苦しみも死の苦しみもおよばぬ痛苦だった。それもしかし速やかに鎮静しはじめ、われに返ったときは、まるで死病から脱したかのようだった。五感の内に、なにかまるでなじみのないもの、いいあらわしようもないあたらしいもの、そしてその新鮮さからか、嘘のように甘美なものがあった。肉体が若返り、軽くなり、うきうきしているのを感じた。向こう見ずな思いが頭にのぼり、とりとめのない官能的な幻想の流れが、夢のなかの流水のように走り、義務観念の束縛が解かれた。魂の、未知ではあるが純一ではない解放感を覚えた。そのあたらしい人格の産声とともに、わたしは自分が、元からの邪心に奴隷として売られ、邪悪な、十倍も邪悪な人間になったことを知った。その瞬間、その認識は、美酒となってわたしを爽快にし、歓喜させた。わたしはその感覚の新鮮さに驚喜し、両手をひらいてさしだした。と、とつぜん、その動作によって、自分の背丈が縮んでいるのに気づいた。

まだそのときは部屋に鏡がなかった。いまこれを書いているかたわらに立つ鏡は、あとになって、以後の変身目的専用に持ち込んだものである。だが、夜はすでに朝へ大きくはいりこみ、まだ真っ暗ながら、一日のはじまりがついそこまできていた。わが家の使用人は全員まだ熟睡のさなかにあり、希望と勝利感にあふれるわたしは、あたらしい姿かたちで寝室まで行ってやろうと思った。庭を渡るとき、上からわたしを見ている星座は、夜ごとの寝ずの番もまだ目撃したことのない種類の生き物を見て、きっとおどろき怪しんだのではないだろうか。わが家の内なる赤の他人、わたしは廊下をこっそり抜けた。そして自室にたどりつき、はじめてエドワード・ハイドの姿を見た。

わたしは推理だけでしゃべらねばならず、したがってここでいうのは、知っていることではなく、きっとこうだと思うことである。いましがた残忍な力が移入されたわたしの性格の邪悪な半面は、王座から降ろされたばかりの善良な半面にくらべると、発育において劣り、力強くもなかった。なんといっても努力と美徳と自制が九割方を占めていたこれまでの人生において、そちらは使われることがはるかにすくなかったから、消耗もずっとすくなかった。エドワード・ハイドがヘンリー・ジーキルにくらべ、そんなにも小さく、かぼそく、若いのは、それでだと思う。一方の顔に善が光り輝いているなら、他方には悪が、満面にくっきり書かれていた。そのうえ邪悪なほう（それが人間の両面のうち、精神の死をもたらす面だとの思いは、いまも変わらない）は、その肉体に異形と退廃の痕跡をのこしていた。ではあっても、その醜悪な偶像を鏡に見いだしたとき、わたしが感じたのは嫌悪ではなく、むしろひときわ高まる歓迎の気持ちだった。これもまた自分なのだと思った。いかにも自然で人間らしく見えた。わたしの目にそれは、精神のより生き生きした姿となって映り、これまでわがものと呼びならわしてきた、両面性を有する不完全な顔にくらべたら、一面きりの、より明瞭な顔に見えた。そのかぎりでは、わたしは間違っていなかった。以後わたしがエドワード・ハイドの容姿になると、そばにくる人で、のっけから本能的おびえを見せぬ人はひとりもいなかった。思うにそれは、われわれが日常出会う人間は皆、善と悪の複合体であるのにひきかえ、エドワード・ハイドは人類にひとりしかいない、混じりけなしの純粋な悪だったからだ。

わたしは鏡の前に、つかのま立っただけだった。いまひとつの、決定的な実験をおこなわねばならなかった。もしや自分のアイデンティティが救いようもなく失われていないか、日の出ぬうちに、もはや自分のものではない家から逃げ出さなくてはならないのか、それをたしかめる必要があった。いそぎ私室にもどったわたしは、再度薬液をこしらえて飲みほし、再度変身の激痛に耐えて、ヘンリー・ジーキルの性格と背丈と顔を持つ自分にもどった。

その夜、わたしは運命の岐路に立ったのだった。あの発見に迫るのに、わたしがもっと高邁《こうまい》な精神をもってしたなら、あの実験をもっと広やかな、敬虔《けいけん》な望みのもとにやっていたなら、なにもかもちがっていただろう。あんな生き死にの苦悶のなかから、わたしは悪魔ではなく天使になって現れ出ただろう。あの薬液は、時により異なる薬効を生むものではない。悪魔にも神にも味方しない。ただわたしの人格という牢獄の戸を揺さぶりひらいたにすぎず、それでなかにいた者が、ピリピの囚人のようにとびだしたのだ［使徒行伝16－25、26］。そのとき、わたしの善は眠っていた。悪は野心に燃えて眠れずにいたから、はっと気づいて、すばやく機をとらえた。それであらわれたのが、エドワード・ハイドだった。そんなわけで、いまやわたしは、ふたつの外見だけでなく、ふたつの人格を持ち、一方は悪の権化《ごんげ》、他方はわたしが矯正も教化もすでにあきらめた、複合体にそぐわぬ片割れ、昔ながらのヘンリー・ジーキルであった。かくて進み行く先は、ひたすら悪いほう悪いほうだった。

そのときでもまだ、わたしは無味乾燥な研究生活への嫌厭に打ち勝てずにいた。いまだにあの快楽志向が、頭をもたげることがあった。そのたのしみは、（どんなに控えめにいっても）自慢できるものではなく、わたしは人に知られ世評も高いが、そろそろ年も年だけに、その生きかたの矛盾は日に日によろこべぬものになってきた。あたらしい力がわたしを誘惑して、ついに奴隷にまでしたのは、そのよからぬ面での出来事だった。グラスをほしさえすれば、たちまち著名な学者の肉体を脱ぎすて、厚手の外套を着込むように、エドワード・ハイドの肉体をつけることができる。そう思っただけで、にんまりとしてしまう。それがそのときは愉快だったのだ。準備には慎重の上にも慎重を期した。ハイドが警察に突きとめられたソーホーのあの家に調度を入れ、家政婦を雇った。余計な口をきかぬ、図太い根性をした老婆だった。他方、広場の家では使用人たちに、ミスター・ハイドという男（人相風体をいってきかせた）に家の出入りと使用を自由にすることをつげて、念のため第二の人格になって訪問し、顔見知りになっておいた。つぎに、きみに猛反対されたあの遺言状を書いた。あれにより、もしもドクター・ジーキルのわたしになにかあったら、経済的困窮をまねくことなく、エドワード・ハイドのわたしになればいい。それで身辺は固まったはずだから、わたしはどちらに転んでも、自分の立場の特異な免疫性をうまく利用することを覚えた。

　自分がたくらんだ犯罪を悪党を雇ってやらせ、わが身や世評には傷のつかぬようにした男なら、これまでいくらもいる。しかしおのれの快楽のためだけにそれをやるのは、わたしが最初だ。人目にはすぐれた人品骨柄を大いにひけらかして闊歩し、一瞬後には、そんな衣装を小学生のようにかなぐりすてて、自由放恣《ほうし》の海に頭から飛び込むことができるのも、わたしが最初だ。なにも透《とお》さぬマントにくるまっているのだから、わたしの保身は完璧だった。考えてもみてほしい、わたしは存在すらしないのだ！　実験室に逃れて、つねに用意してある薬一回分を調合して呷るのに、ほんの一秒か二秒、それでエドワード・ハイドは、なにをしでかして帰ろうと、鏡についた息のくもりのように、ふっとかき消えてしまう。あとには自宅の書斎でひとり心しずかに、夜ふけのランプの灯心を切りながら、世の疑惑を笑いとばすことのできる男、ヘンリー・ジーキルがいる。

わたしが変身して、そそくさともとめる快楽は、前にいったとおり、自慢できるものではないが、それ以上きつい言葉を使うほどのものでもなかった。だが、ひとたびエドワード・ハイドの手にかかると、それはまもなく醜怪なものをめざしはじめた。そんな外出から帰ったわたしは、変身してのわが悪行に、ある種の驚異に打たれることとしばしばだった。わたしが自分の魂から呼び出して、ひとりみずからの快楽さがしに送り出してやるその片割れは、生来極悪非道なやつで、どんな行動も考えも自分本位だった。つぎつぎにしでかす大小どんな加虐からでも、獣的貪欲さをもって快楽を汲み尽くし、石で造られた人間のように容赦することを知らなかった。ときどきヘンリー・ジーキルは、エドワード・ハイドの行為の前に唖然とするばかりだった。だが、状況は世間通常の法則とは無縁で、わたしは良心の握力をすこしずつ抜き取った。罪なのは所詮ハイドであり、ハイドひとりである。ジーキルはそれまでと変わらない。目が覚めれば、ふたたび自分の善なる性格に、どうやらなにも損なわれることなくもどっていた。可能なら、ハイドがなした悪をいそぎ正すことさえした。それでまた良心は眠るのだった。

そうやってわたしが目こぼししてきた悪行（いまだにそれを自分がなしたとは認めがたいのだ）に関しては、子細に立ち入るつもりはない。ただ懲罰が近づいてくる兆しがあり、それが一歩一歩わが身に迫ったことだけいっておこう。ひとつ遭遇した事故があり、大事にもいたらなかったので、これも言及するだけにしておく。ひとりの少女にたいする暴行が、わたしへの一通行人の怒りをまねき、その通行人というのが、見れば過日会ったきみの親族だった。医師と少女の親もきて加わった。わたしは身の危険を感じた瞬間もあった。とどのつまりは、彼らの当然すぎる怒りをなだめるために、エドワード・ハイドは一同を戸口まで案内し、ヘンリー・ジーキル振り出しの小切手を渡す破目になった。だが、べつの銀行にエドワード・ハイド名義の口座をひらくことで、二度とそういう危ない橋を渡ることはなくなった。また書く手の角度を変えることで、わが分身に独自の筆跡のサインをあたえてやったから、災厄の猿臂《えんぴ》のとどかぬところへ逃れたと思った。

ダンヴァース卿が殺される二か月ほど前のこと、例のごとく冒険に出たわたしは、夜ふけに帰った。そして翌朝目覚めると、なんだか変な感じなのだ。まわりを見まわしたが、わからない。広場の家の自室の、趣味のいい丈高の調度が目にはいるのは変でない。ベッドのカーテンの柄、マホガニーのベッドフレームのデザインも変ではない。それでもなにかが、自分の居場所がちがうとつげ、わたしが目覚めたのは、いまいるつもりのところではなく、エドワード・ハイドの肉体になって眠るのが習慣の、ソーホーのあの小さな部屋だとつげた。それでわたしはほくそ笑み、自分の心理学に従い、この幻覚の諸要素を漫然と考察にかかり、そうしながらもときどき、朝の心地よい惰眠にもどった。まだそんな状態でいるうち、ふと、いくらか覚醒したとき、目が自分の手に落ちた。ヘンリー・ジーキルの手は（きみも何度か気づいたと思うが）、形も大きさも医師たるにふさわしく、骨太で、がっしりして、白くて、きれいだ。だのに、いま、ロンドン市中の朝の黄色い光ではっきり見える、ベッドの上掛けに出してゆるく握った手は、細く、筋張り、節くれだって、くすんだ青白い皮膚が、もじゃもじゃの毛にびっしり覆われていた。それはエドワード・ハイドの手だった。

おどろき怪しみ、呆《ほう》けたように三十秒近く凝視していたが、とつぜん鳴りひびいて驚愕させるシンバルの一打のように、胸の内に恐怖がはっと目を覚ました。わたしはベッドをとびだし、鏡に走った。そこで目にはいったものには、総身の血を、なにかしらひどく希薄で冷たいものに変える力があった。そう、ベッドにはいったわたしはヘンリー・ジーキルだったのに、目を覚ましたのはエドワード・ハイドだったのだ。わたしは自問した。これをどう説明したらいいのか。するとまた、恐怖がわき起こった。どうすれば元にもどれるのか。もう夜明けからだいぶたち、使用人たちも起きている。薬品はぜんぶ戸棚に入れてある。遠い道のりだ。ふたつある階段を降り、裏の廊下を抜け、身を隠しようもない庭を通って、解剖室にはいり――そこまで考えて、はっと恐怖に立ちすくんだ。顔を覆うことはできるだろうが、身長の変化は隠しようがないのだから、顔だけ隠してなにになる。が、いいようもない甘美な安堵の大波に包まれて思いだしたのは、使用人たちはすでに、わが分身の出入りに慣れていることだった。わたしはすぐに、ジーキルのサイズの服をできるだけ上手に身につけた。そしてすぐに、家のなかを通った。馬丁のブラッドショーが目をみはり、そんな時間に、そんな奇妙ななりのミスター・ハイドを見て、一歩あとじさった。それから十分後、ドクター・ジーキルは自分のからだにもどり、眉をくもらせて椅子にかけ、朝食を取るふりをした。

食欲なんかなかった。この不可解な出来事、それまでの経験に反することは、あたかもバビロンの壁を這った指さながら［ダニエル書5－5］、わたしを裁く文字を書いているような気がした。それでわたしは、自分の二重の存在が生むさまざまな結果と可能性を、それまで以上に真剣に考えはじめた。わたしが現出させることのできる分身は、このところ大いに使われ鍛えられている。ために近ごろ、エドワード・ハイドのからだが成長したかのような、彼の姿になったときのわたしは血液の流量が増えたかのような、そんな気がするのだった。もしもそれがこの先もつづいたら、わたしの人格のバランスは完全に崩れて、自由意志による変身能力は奪われ、エドワード・ハイドの人格がわたしのものになって、逆もどりはきかなくなるのではないか。心中にそんな危惧がきざした。もともと薬効はいつも同等にあらわれるとはかぎらなかった。一度、ごくはやい時期に、薬がまるで効かぬことがあった。以来、薬量をやむなく倍にしたことが一度ならずあり、ついに一度は、生命の方図《ほうず》もない危険をおかして三倍にした。これまではそんなたまさかの異常が、わたしの満足感にさした唯一の影だった。だが、その朝のような出来事があっては、ジーキルの肉体を脱ぎすてる当初の困難は、いまや徐々に、だが確実に、もう一方から脱する困難に変わりつつあることを否応なく知らされた。だからすべての事柄は、ひとつのことをしめすように思われた。すなわち、わたしは元来の、善なる自己への支配力をすこしずつ失い、第二の悪しき自己に、すこしずつ取り込まれていったのだ。

もうわたしは、どちらかをえらぶ時だと思った。ふたつの人格が共有するのは記憶だけで、それ以外の能力は、いちじるしく不公平に配分されている。ジーキル（複合人間）は、ときに過敏なほど神経質な不安を抱きつつ、ときに飽くなき貪欲さをもって、ハイドを現出させ、その快楽と冒険の片棒をかつぐ。ひきかえハイドは、ジーキルに関心を持たないか、山賊が追っ手から身を隠す洞窟を思いだすぐらいにしか、その存在を思いださない。ジーキルの関心が父親のそれ以上なら、ハイドの無関心は息子のそれ以下だった。ジーキルと運命をともにしようと思ったら、わたしは長年ひそかにたのしみ、最近では度を過ごすようになった欲望を忘れなくてはならない。ハイドに運命を託そうと思ったら、あまたの関心と願望をすて去り、一挙に、そして一生涯、友もなく人に蔑まれる存在にならなくてはならない。いかにも損なようだが、しかし秤《はかり》には、もうひとつの考慮がかかっていた。ジーキルが禁欲の火に焼かれて苦しむにひきかえ、ハイドはなにを失っても一向に頓着したりはしない。困惑する状況だが、こういうジレンマは人類とおなじほど古く、ありふれたものだ。誘惑に負けておののく罪人《つみびと》にしても、ほぼ似たような欲得と警戒心の賽《さい》が投げられて、その運命を決めたのだ。この事情は、大多数の人間にあてはまるように、わたしにもあてはまったが、わたしは善なるほうをえらんでおきながら、それを固守する力を欠いたのだ。

そう、わたしは友人に囲まれ真摯《しんし》な希望を持ちながら心満たされぬ年配の医師を、一度はえらんだのだ。そして、ハイドに変身してたのしんだ自由、医師に比しての若さ、軽い足どり、はずむ脈拍、ひそかな愉楽、そのすべてにきっぱり別れをつげた。その決断にはしかし、意識下で留保をつけたらしく、ソーホーの家を手ばなさず、エドワード・ハイドの衣服を処分もしなかった。それはまだ私室にあって、いつでも着用できるようになっていた。だが、決意を変えなかったのは二か月だった。二か月のあいだは、かつて覚えのない謹厳な日々を送り、そのかわり良心に称賛される気分のよさを味わった。だが、時とともに、当初の警戒心の切っ先は鈍りはじめた。良心の称賛など、やがてあたりまえのことになった。自由をもとめてあがくハイドのように、わたしは苦悶と切望にもだえるようになった。そしてとうとう、つい意志力が弱ったときに、ふたたび変身薬を調合して呷ってしまった。

わたしは飲んだくれが自分に自分の悪習の言い訳をするとき、肉体的・動物的感覚の麻痺によっておかす危険のことを五百回に一回も考えはしないと思う。わたしもまた、自分の地位を思ったら、エドワード・ハイドの主たる資質である、完全な道徳的無感覚と、簡単に悪に走る身軽さを、じゅうぶん考慮したとはいえない。果たして、まさにその資質が、わたしに天罰を下した。長いこと檻《おり》に閉じ込められていたわが悪魔は、咆哮《ほうこう》とともにとびだした。薬液を口にはこんだときから、そいつの邪悪への志向が前より放恣に、前より激烈になっているのを感じた。あの不運な被害者に丁重に話しかけられただけでむかむかし、胸裏《きょうり》に苛立ちの嵐が巻き起こったのも、きっとそのためだと思う。正気の人間ならだれも、あれしきのことで、あれほどの罪を犯しはしないし、わたしの加害行為は、おもちゃを破壊する病児同様の無考えをもってなされたにすぎない。すくなくともそれだけは、神の前で断言できる。だが、わたしは平衡保持の本能を、身の内からえぐりだしてすてていた。その本能あればこそ、最悪の人間でさえ、さまざまな誘惑のなかを多少なりとも安定感をもって歩きつづけるのだが、それを失ったわたしのばあい、ほんのすこしでも誘惑されることは、転落することであった。

たちまちわたしのなかで、地獄の悪霊が目を覚まして暴れた。わたしは狂喜し、無抵抗の肉体をたたきのめし、一打一打に悦楽を味わった。そのうちようやく疲れがくると、とつぜん歓喜の絶頂で、ぞくぞくする冷たい戦慄が心臓を貫いた。霧がすーっと消え、自分が死罪相当のことをしでかしたのがわかった。その残虐非道の場から逃げるわたしは、よろこびとおののきを同時に感じていた。邪悪への欲望は満たされ増進され、生への執着は際限をなくした。わたしはソーホーの家へ走り、（念には念で）重要書類を焼却した。それから街灯のともる通りを行くわたしは、精神の二分された高揚感にひたり、一方で犯罪の完遂にほくほくしながら、今後の計画を考えて陶然となり、他方ではまだ足をいそがせ、背後に報復の足音がきこえないかと耳をすましていた。ハイドは唇に歌をのせて薬を調合し、死者にグラスを上げてほした。変身の激痛がハイドを責め苛《さいな》むのをやめぬうちに、ヘンリー・ジーキルは感謝と悔悟の涙を滂沱《ぼうだ》と流し、ひざまずいて神の前に両手をにぎり合わせた。放恣《ほうし》放縦《ほうじゅう》のヴェールは、頭のてっぺんから足の先まで引き裂け、わが来し方の始終が見えた。父に手を取られて歩いた幼い日々から、医学に一心に没入した歳月、そして何度も、おなじ非現実感をもって立ち返るのは、その夜の呪われた恐怖の現場だった。大声で叫びそうになった。記憶がわたしにぶつけてくる、おぞましい光景と音声の怒濤を、涙にかきくれ祈りを唱えながら、懸命に押しとどめようとした。それでもまだ邪悪の醜い顔が、懇願の合間に、じっとわたしの魂をのぞきこんでくるのだった。ようやくその悔悟の痛感が遠のきはじめると、あとに愉悦感がやってきた。わたしの行動の問題は解決したのだ。以後ハイドの存在はありえない。わたしは自分の意志に関係なく、自分という存在の善良な半身に封入された。ああ、そう思ってどんなにうれしかったことか。あらためてふつうの生活の制約の数々を、どれほど自分から進んで、謙虚に受け入れたことか。どれほどきっぱりやめる覚悟で、あんなにひんぱんに出入りしたドアに鍵をかけ、その鍵を地面にすて、かかとで踏みにじったことか。

翌日、ゆうべの殺人事件に目撃者がいたこと、ハイドの罪が巷間に知れ渡ったこと、被害者が世評高い人物だったことが報じられた。あれはただ犯罪であるだけでなく、愚者の悲劇とされた。そうと知ってよかったと思う。おかげで自分の善の衝動も、絞首台の恐怖で厳重に抑止されることになって、つくづくよかったと思う。いまやジーキルは、わが逃れの町だった。ハイドの顔を一瞬でものぞかせたら、万人の手が上がり、彼をつかまえて殺しにかかるだろう。

わたしは将来の行動で過去を贖《あがな》おうと心に決めた。その決意がいささか実を結んだといっても嘘ではない。昨年の後半何か月か、わたしがどんなに真剣に人の苦しみを救う努力をしたかは、知ってのとおりだ。大いに世の役に立ち、日々が静穏に、ほとんど幸福に過ぎたこと、それも知ってのとおりだ。人に尽くすそんな善良清潔な生活に、飽くことがなかった。それどころか、毎日毎日がいっそう充実してたのしかった。それでもまだわたしは、生存目的の二重性から、完全には脱しきれずにいた。改悛《かいしゅん》の当初の切れ味が鈍るにつれ、長いこと好き放題をした末につい先ごろ拘束された、わたしの低劣な面が、自由をもとめてうなりだした。ただし、ハイドを復活させようとは、ゆめ思わなかった。そんなことは考えただけで、愕然として気が変になりそうだった。じつはまた良心にいたずらしてみる気になったのは、わたしの本来の人格であるジーキルで、ついに誘惑の攻撃に敗北したのは、ありきたりの、人目を忍ぶ犯罪者であった。

どんなことにも最後はくる。どんなに大きな升《ます》も、しまいにはいっぱいになる。そうやってわが邪悪にちょっと心を許したのがあだになり、ついにわたしの魂の均衡は崩れた。それにわたしは気づかなかった。敗北は、わが変身術発見以前の日々に返ったようなもので、不自然な気がしなかった。それはよく晴れた一月の爽やかな日で、足の下こそ霜が解けてぬかっていたが、頭上には雲ひとつなかった。リージェント・パークには小鳥のさえずりと、早春の芳《かぐわ》しい香りが満ちていた。わたしは日だまりのベンチにかけた。わが内なる獣は、甘美な記憶の片々をなめ、精神のほうは、やがてくる後悔を予感しつつまだ動きだすにはいたらず、うつらうつらしていた。なんのことはない、自分は隣人たちと変わりはしない。そう思った。そして、自分をほかの男たちとくらべ、自分の積極的善行を彼らの冷酷なまでの無関心と怠惰にくらべ、にんまりした。そのうぬぼれた思いがわいたまさにその瞬間、不意に不安に襲われ、激しい吐き気と猛烈な身ぶるいに襲われた。それらが引くと、ふっと気が遠くなり、それも落ち着くと、今度はものを思う気持ちに変化が生じたのがわかった。腹がすわり、危険をあなどり、義務観念の束縛から解放された。目が下を見た。着ているものがぶかぶかなのは、縮んだ四肢に合わないからで、片膝に置いた手は、筋張って毛深かった。わたしはまたエドワード・ハイドにもどったのだ。ついいましがたまで、世人の尊敬を確信し、裕福で、愛されて、自宅の食堂には食事の用意ができていた。そのわたしが、いまや卑しむべき万人の敵、お尋ね者で、家もなく、世に知れ渡った殺人者、絞首台から逃れられぬ身なのだ。

わたしの理性は揺らいだが、みなまで失われはしなかった。これまでにも一度ならず気づいたことだが、第二の人格でのほうが、頭脳の働きは鋭くなり、精神は張りも弾力も増すようだった。だから、ジーキルなら屈したかもしれぬところでも、ハイドは重大危機に即応するのだった。薬剤は私室の戸棚に入れてある。どうやってあそこまで行くか。それが問題で、どうすれば解決できるのか、わたしは（両手をこめかみに押しあてて）思案にかかった。実験室のドアは自分でしめた。住まいのほうからはいろうとしたら、自分の使用人たちに絞首台へ送られてしまう。べつの手を使わねばならぬとわかり、そこでラニヨンのことを考えた。どうやって連絡を取り、どうやって説得したものか。路上での逮捕を逃れても、どうやって彼の面前まで行くのか。仮に行けても、どうやって未知の気味悪い訪問者が、有名な医師に、同業のジーキルの書斎内をさがすことを承知させるのか。と、そこで思いだしたのが、わたしの本来の人格の一部が、まだ自分にのこっていることだった。わたしは自分の筆跡で手紙を書くことができる。ひとたびそれがぱっと閃くと、そのあとのたどるべき道は、こちらの端からむこうの端まで、あかあかと照らし出された。

そこでまず服装をできるだけとりつくろい、通りかかった二輪馬車をひろって、ポートランド街のたまたま名を覚えていたホテルへ走らせた。わたしのなり（服がいかに悲劇的運命を隠していようと、やはり滑稽だった）を見て、御者はおかしさを隠せなかった。だから歯をぎりぎりいわせ、悪魔的憤怒をぶつけてやると、相手の顔から笑いが失せた。それは御者にとって幸運だったが、わたしにはもっと幸運だった。なぜなら、あと一瞬おいたら、わたしは彼を御者台から確実に引きずり降ろしていただろう。ホテルにはいったわたしは、形相すさまじくあたりを見まわし、従業員をふるえあがらせた。だれもわたしの面前では目を見交わしもせず、命じたことに唯々《いい》諾々《だくだく》と従い、わたしを個室へ案内して、筆記用具を持ってきた。一命にかかわる危険を迎えたハイドというのは、わたしがはじめて相手にする獣だった。すさまじい怒気をはらみ、殺意をはちきれそうにみなぎらせ、嗜虐性《しぎゃくせい》をむきだしにしている。だが、獣はしたたかだった。非常な意志の力で怒りをねじふせ、大事な手紙を二通したためた。一通はラニヨンに、もう一通は執事プールに宛てたものだった。間違いなく投函された証拠に、書留にするよう指示した。

そのあとは終日部屋の暖炉に背をかがめ、爪を噛んで過ごした。食事も部屋で取り、ひとり不安を抱いてすわり、ボーイも彼の前ではびくびくしていた。そしてすっかり夜になると、彼は箱型馬車の隅におさまって、市中を通りから通りへ走らせた。彼、とわたしはいう。わたし、とはいえない。あの地獄の子には、人間的なものはなにもない。彼の内に棲むのは、恐怖と憎悪のふたつだけだ。そしてついに、御者が不審の念をつのらせたと見たから、馬車をすてて歩き、だぶだぶの服で人目を引きながら、夜の人出のなかへはいって行ったとき、そのふたつの低劣な感情は、胸のなかで烈風となって吼《ほ》え猛《たけ》っていた。おびえにかられて、ひとりごとを口にしつつ、あまり人通りのない街路を足ばやに、真夜中までのこり何分かをかぞえて歩いた。一度女が話しかけ、マッチ箱とおぼしいものをさしだした。彼が顔を殴りつけると、女は逃げ出した。

ラニヨンの家でジーキルにもどったとき、わたしは旧友にたいし、多少おびえを抱いたかもしれない。よくわからない。おびえといったところが、あとでその数時間をふりかえったときの嫌悪にくらべたら、大海の一滴みたいなものだった。わたしに変化が生じていた。わたしを苛《さいな》むのは、もはや絞首台の恐怖ではなく、ハイドであることの恐怖だった。わたしはラニヨンの容赦ない非難を夢うつつにきいた。自宅に帰り着き、ベッドにもぐりこんだのも、なかば夢の内だった。疲労困憊の一日がおわり、欲も得もない深い眠りに落ちた。悪夢もわたしを苦しめはしても、眠りを覚ますことはできなかった。朝目覚めると、ふらふらして、からだに力ははいらないが、気分はすっきりしていた。わたしのなかで眠る獣を思うと、まだ嫌悪と恐怖が消えず、前夜の肝を冷やした危険のかずかずも、むろん忘れてはいなかった。しかし、いまは自宅に帰り、自分の部屋にいて、薬は手近にある。危機脱出のうれしさは、胸の内をぱーっと照らし、そのまばゆさは希望の光輝かとも思うほどだった。

朝食後、路地をぶらぶら歩き、大気の冷涼を心地よく吸い込んだが、そのときまた変身に先立つあのいいようのない感覚が総身を包んだ。からくも私室の安全圏に逃れたところで、暴威と恐怖をまきちらすハイドの狂熱がやってきた。今回は服用量を倍にして、ようやく自分にもどった。だのに、なんとわずか六時間後、椅子にかけて、暗然と火に見入っていると、またしても激痛がきて、再度薬の力をかりなくてはならなかった。要するにその日以後、ジーキルの面貌を保つには、体育訓練並みの努力と、薬の直接的な刺激によるしかなくなったのだ。日夜時間おかまいなしに、変身の予兆の身ぶるいがはじまるのだった。わけても一度眠ると、それが椅子でうとうとしただけでも、目を覚ましたときは、かならずハイドになっていた。つねに差し迫っている凶変を待つ緊張と、ふつうなら人間には耐えられるはずもない、しかしいまや自分の宿運とも思う不眠により、わたしは姿こそ本来の自分ではあっても、発熱で消尽した虚ろな生き物になった。身も心も衰弱してけだるく、頭を占めているのはただひとつ、わが分身ハイドにたいする恐怖だった。だが、眠ってしまうと、あるいは薬効が切れると、ほとんど転移の間《ま》をおくことなく（変身の苦痛は日に日に気にならなくなったから）、いきなり恐怖のさまざまなイメージが重畳《ちょうじょう》する幻想にとりつかれた。心はわけのわからぬ憎悪に煮えたぎり、からだには猛り立つ生命のエネルギーを抑え込む力はなさそうだった。ジーキルのそんな衰弱とともに、ハイドの暴威はつのるみたいだった。そして疑いもなく、いまや両者をへだてる憎悪の度合いは、それぞれ同等だった。ジーキルのばあい、それは生物の本能的憎悪だった。もう彼は、意識現象の一部を共有する仲であり、死の共同相続人であるあの生き物の、完全な異常性を見てしまった。彼の不幸のいちばん痛切な部分ともいえるその共通項を除けば、彼にとってハイドは、いかに生命力は横溢《おういつ》していても、ただ悪魔的なだけでなく、肉体を持たぬ無機物でしかなかった。へどろの穴が、声を出し、叫びを発する。煙のような塵埃《じんあい》が、身ぶり手ぶりを見せ、罪を犯す。死んでなんの形も持たぬものが、生命の機能を横領する。これはショッキングなことだ。あの恐怖の反逆者が、妻よりも緊密に、目よりも間近で、彼に結びつき、彼の肉体の檻のなかによこたわり、つぶやく声がきこえ、生まれ出ようともがくのが感じられ、彼が疲弊《ひへい》しているときはのべつ、安眠のさなかでも、彼に打ち勝ち、彼を現世から追い出しにかかる。これもまたショッキングだ。ジーキルにたいするハイドの憎悪は、それとは性質を異にした。絞首台の恐怖は彼をたえずかりたてて、一時的自殺に追い込み、一個の人間ではなく、ジーキルの一部という従属的地位にもどらせた。彼はその不可避なことを憎み、ジーキルが落ち込んでいる虚脱状態が憎く、そのジーキルから嫌悪されていることが憎かった。それだから彼は、猿のような悪ふざけをして、わたしの本のページにわたしの筆跡で冒瀆の言葉を書き散らし、手紙を燃やし、わたしの父の肖像をめちゃめちゃにしたりした。

それどころか、もしも死の恐怖がなかったら、わたしを道連れにするために、とうに自殺していただろう。だが、彼の生への執着は見あげたものだ。もうひとこと加えるなら、このわたし、彼を思っただけで吐き気と寒気を覚えるわたしだが、彼の執着の卑屈さ熱烈さを想起し、自殺により彼を分離することができるわたしの力をどんなに恐れているかと思うと、わたしは心中彼に哀れみの念がわくのを禁じえなかった。

この手記をこれ以上つづけてもむだだし、時間もぞっとするほどのこりすくなだ。ただ、だれもかつてこれほどの苦悩を味わった者はいない、とだけいっておこう。だが、慣れというのは恐ろしいもので、いつしかそんな苦悩にも緩和が――いや、そうではない――精神の無感覚というか、絶望の甘受というか、そんなものがおとずれた。こうしてわたしに降りかかり、わたしを自分の顔と人格からついに切りはなした、この最後の災厄がなかったなら、わたしへの天罰はまだ何年かつづいたことだろう。あの粉末は、最初の実験の日から一度も補給していないので、底をつきはじめた。わたしは改めて買いにやらせ、薬剤を調合した。沸騰がはじまり、最初の変色はあったが、二度目はなかった。飲んでも効き目はなかった。そのあと、どれほどロンドンをくまなくさがさせたかは、プールにきいてもらえばわかる。むだ骨だった。いまにして思えば、最初に補給した分が不純で、その得体の知れぬ不純物にこそ、きっと薬効があったのだ。

約一週間が過ぎ、いまこの手記を、古い粉末の最後の一服の力をかりて仕上げている。したがって、ヘンリー・ジーキルが自分の頭でものを考え、鏡に映った自分の顔(なんと変わり果てたことか!)を見るのは、奇跡でもないかぎり、これが最後になる。書きおえるのに手間取りすぎてもいけない。なぜなら、これまで手記が破棄を逃れたとしたら、それは極度の用心深さと、大いなる幸運の両方があったからだ。もしも執筆中に変身の苦悶がきたら、ハイドの手がそれをずたずたに引き裂くことだろう。だが、わたしがどこかに取りのけて、いくらかの時間がたてば、彼の見事なまでの自己本位と、その場かぎりの関心が、きっとまたあの猿のような悪さから手記を守ってくれるだろう。現にわれわれ両方に迫りつつある最後の運命は、いまのところ彼を変容させ抑えつけている。いまから三十分後、ふたたび、そして不可逆的に、あのきらわれ者の人格にもどったわたしは、きっと椅子にかけ、身をふるわせて慟哭するだろう。あるいは、耳をすますことの、緊張と不安まじりの快感にひたって、この部屋(わが今生《こんじょう》最後の逃げ場)を右へ左へ歩きつづけ、脅威のどんな音声もききもらさないだろう。ハイドは絞首台で死ぬだろうか。それとも、最後の最後に、自分を解放する勇気を見いだすだろうか。それは神が知る。わたしは関知しない。このひとときは、まぎれもないわが死の時であり、これ以後のことは余人にかかわることである。それではこの辺でペンを置き、告白文を封印し、あの不運なヘンリー・ジーキルの人生に終止符を打つとしよう。

解説

東　雅夫
（文芸評論家、アンソロジスト）

あまりにも有名すぎて、かえって読まれることの少ない名作というものは、世に少なくない。『宝島』とならぶ、ロバート・ルイス・スティーヴンスンの代表作のひとつである本書『ジーキル博士とハイド氏』も、その一典型といえよう。

「ジーキルとハイド」という言葉が、二重人格や善悪二面性をあらわす言いまわしとして一般に通用するほど広く知られた作品でありながら、実際に原典を読んだことのある人は、その盛名に比して意外に少数派であるように思われる。

おそらくこれには、本書がサイレント時代から繰りかえし映画化されて人口《じんこう》に膾炙《かいしゃ》したことが、少なからぬ影響を及ぼしているのではなかろうか。作中の一キャラクターである悪の権化ハイド氏など、かのドラキュラ伯爵やフランケンシュタインの怪物に伍して、ホラー映画の花形モンスターに列せられてきたほどである。

ちなみに、右の吸血伯爵といい人造人間といい、これまた本書と同様、作中のキャラクターが原作を置き去りにして独り歩きを始めたあげく絶大なポピュラリティを獲得するに至った典型例で、原典であるブラム・ストーカーの『ドラキュラ』（一八九七年）やメアリ・シェリーの『フランケンシュタイン』（一八一八年）における怪物たちの姿は、映画版のそれとは大きく異なっており、かれらが作中に占める意味合いも、映画版では原作のそれに較べて皮相化された感が否めない。

原作のドラキュラは白い口髭をはやした老人の姿で、居城の壁をヤモリのごとく這いまわるなど、ベラ・ルゴシやクリストファー・リーが演じた黒衣の貴公子のイメージとは相当の懸隔があるし、原作のフランケンシュタイン・モンスターは、両手を前に突きだしてギクシャクと歩くだけの木偶坊《でくのぼう》などではなく、アルプスの山嶺や氷河を凄まじい速度で疾駆するかと思えば、みずからを創造したフランケンシュタイン博士に向かって朗々と、格調高き長口舌《ちょうこうぜつ》をふるうのであった。

同じことは、わがハイド氏についてもいえる。主演のフレドリック・マーチがアカデミー賞を受賞したパラマウント映画『ジキル博士とハイド氏』（一九三二年）は、一連の「ジーキルとハイド」映画を代表する秀作と目されるが、そこでのハイドはゴリラさながらの獣人の姿に造形されており、美男俳優が特殊メイクによって凶暴な怪人に変身する場面が、映画としての呼び物になっていた。

こうした傾向は「ジーキルとハイド」映画の常套といってよく、最近でもユニバーサル映画『ヴァン・ヘルシング』(二〇〇四年)の冒頭で、パリを舞台に凄腕の怪物ハンターと死闘を繰りひろげるハイドは、アメコミに登場する超人ハルクも顔負けのマッチョな巨人の姿と化して豪放に暴れまわる。

ところが、である。スティーヴンスンの原典に描かれるハイドは、巨人どころか……

「そのミスター・ハイドというのは、小柄な男ではないか」彼はたずねた。

「とても小さな男で、とてもいやな顔――と、メイドはいっています」

(本書43ページ)

長身のジーキルの洋服が、変身後のハイドには大きすぎて、ぶかぶかになってしまうという滑稽さの中に異形の無気味さを漂わせる印象的な描写にしても、ハイドの矮小さをことさら強調する効果をあげているのだ。

そもそも、大都会の雑踏と夜霧にまぎれて人知れず悖徳《はいとく》の所業に耽ることがハイドの習性であるからには、化物めいた獣人や雲つく巨人といった、あからさまに人目を惹く姿態をしていたのでは、なにかと不都合が多いだろうことは自明ではないか。そんな手合いと戸口で対面したメイドは、取り次ぐ以前に悲鳴をあげて卒倒していたはずである。

何故このように奇妙な逆転現象が生じたのだろうか。

謎を解く鍵は、劇場の舞台にあった。

映画産業が台頭する以前、演劇が都市生活者にとって娯楽の花形だったことは、洋の東西を問わない。あまり一般には知られていないようだが、『ドラキュラ』も『フランケンシュタイン』も、そして本書も、出版からほどなく戯曲化され上演されることで人々の耳目《じもく》を驚かせ、評判となり、世に広まっていったのである。まあ、このあたりの構造は、現代の出版界におけるメディアミックス戦略とも、なんら異なるところはないといえよう。

『ジーキル博士とハイド氏』は、出版から一年余で早くも戯曲化されている。

脚本を担当したのはトマス・ラッセル・サリヴァンで、新進気鋭の若手俳優リチャード・マンスフィールドが、ジーキルとハイドの二役を演じた。一八八七年五月九日、ボストンで初演されたのを皮切りに全米各地を巡演して好評を博した後、翌八八年八月四日からロンドンのライシアム劇場でも公演をおこない、大評判になったという。

サリヴァンによる戯曲版の台本は現存しないようだが、このロンドン公演に際会した人物の手になる観劇記によって、詳細を知ることができる。しかも驚くなかれ、その人物とは日本人なのである。

高橋義雄（一八六一〜一九三七年）——慶應義塾で福沢諭吉の門下に入り、時事新報の社説記者を経て一八八七年から二年間、米国と欧州に留学。帰朝後、三井財閥の重役となって会社経営に才腕をふるい、実業界を引退後は茶人・高橋箒庵《そうあん》としても『大正名器鑑』などの名著を残した多芸多才の人であった（ちなみに初期の高橋には、体格優良な白人種との交婚を推奨する『日本人種改良論』なるマッド・サイエンティストめいた怪著もあることを付言しておこう）。

そんな高橋が、一八九〇年（明治二十三年）に上梓した英国滞在中の見聞記『英国風俗鏡』の中に、その名も「鬼狂言」と題する一章がある。これこそが当時、ライシアム劇場で大当たりをとっていた戯曲版『ジーキル博士とハイド氏』すなわち鬼狂言の詳しい紹介記事なのだった（本稿の末尾に全文を復刻収録しておいたので、御参照いただきたい）。

それによると戯曲版には、興行上の要請によるものか、ジーキルと恋愛関係にある女性キャラクターが新たに加えられており、原作からは注意深く払拭されていたメロドラマ性が横溢《おういつ》する作品となっていたらしい。なお、後年の映画化作品においても、この決定的（致命的？）改変は長らく踏襲されることとなった。

しかしながら、右の一事にもまして注目されるのは、一人の俳優がジーキルとハイドを舞台上で演じ分け、その変貌ぶりが大いに観客を沸かせたという点である。

現存する舞台写真を見ると、主演のマンスフィールドは、腰を大きく屈め、指を威嚇するように丸め、照明の加減で激変するようにメーキャップと表情に工夫を凝らして、観客の眼前における異形への変身という難題をクリアしたらしいのだ。

なるほど演出効果の点からみれば、別人の小柄な役者が入れ替わりに舞台に登場するよりも——四谷怪談における「髪梳《す》き」の場さながら——主演俳優が満座の注目を浴びつつ、みるみる凶悪妖異な変貌を遂げる趣向のほうが、観客に与える衝撃は大きいに違いない。

かくして後の舞台や映画では、ほぼ例外なくジーキルとハイドを同一の役者が演じ分けるという慣例が形づくられてゆき、内なる悪を凝縮した忌まわしき小男という真に独創的なハイドの属性は、閑却《かんきゃく》を余儀なくされてゆく。

いま、スティーヴンスンによる原作を虚心に読み込めば、どちらのハイド像が、より底深い恐怖や嫌悪の念を掻きたてるかは自明であろう。作者自身を悩ませた悪夢(スティーヴンスンは、悪漢が薬を呑んで別人に変身する夢を見て、本書の着想を得たという)の澱みから抽出され、彫心鏤骨《ちょうしんるこつ》の才筆によって文学的生命を与えられた原作のハイドは、見かけの凶猛さ醜怪さとは無縁であるがゆえに、より深く読者の胸奥へと喰い入り、その魂を震撼させずにはおかないのである。

言葉によってのみ具現化される恐怖——これこそは文芸の真骨頂ではなかろうか。

ところで、田鍋幸信の労作『日本におけるスティーヴンスン書誌』(朝日出版社、一九七四年）に照らせば、高橋義雄の『英国風俗鏡』は『ジーキル博士とハイド氏』に言及した本邦初の文献なのだけれど、その一方で同書は、いわゆる「切り裂きジャック」事件に本格的に言及した（おそらくは）本邦初の文献でもある。「鬼狂言」の冒頭に見える「倫敦東部に鬼物語を生じたるその当時」の「鬼物語」とは、とりもなおさず右の連続殺人事件を指しており、直前の「羅生門」と題された章（なんたる絶妙なネーミング・センスよ）において、高橋は事件の概要を詳述しているのであった。

　正体不明の殺人鬼による連続猟奇殺人事件は、一八八八年八月三十一日から十一月九日にかけてロンドンのイースト・エンドで起きたと考えられており、高橋の文中にあるとおり「マンスフィールドが、かかる不思議なる鬼の姿をライセアム座の舞台中に現わしたる時は、あたかも倫敦東部に於いて怪鬼の人を殺したる時」に、まさしく合致していたのである。

　スティーヴンスンが意識下の闇から掬い上げ、作中に解き放った悪の権化は、舞台上のみならず、現実のロンドンの陋巷《ろうこう》においても、身の毛もよだつ「かくれんぼ《ハイド・アンド・》遊び《シーク》」に興じることとなったわけだが、ことは十九世紀末英国のみにとどまらない。

薬物によって、みずからの内なる悪を解き放ち、ついには嬉々として破滅に身をゆだねようとする欲望に憑かれたハイドたちは、平成日本社会のそこ此処《ここ》で、今日もまた無惨な「かくれんぼ遊び」を、飽くことなく繰りかえしているのだから。

＊　＊　＊

高橋義雄「鬼狂言」

倫敦《ロンドン》東部に鬼物語を生じたるその当時、同府の新富座とも称すべきライセアム座（この座主は有名なるヘンリー・アーヴィン氏にして、当座にてはシェークスピヤの時代物等を興行すること多し）に、Doctor《ドクトル》 Jekill《ゼキル》 and《アンド》 Mr.《ミストル》 Hide《ハイド》と称する外題《げだい》が現われ、偶然にも府中の大評判を得るに至れり。そもそも、この外題はロバート・ルイス・スチヴンソン氏の小説より出《いで》たるものにして、この狂言の主人役を勤めたるは、米国若手の俳優中にて一種の奇骨を具えたりと云うチャ《マ》ールス《マ》・マンスフィールドなり。小説の原本は一箇想像の奇説を示すを以て主眼としたれば、一人の婦女をも交えざれども、芝居にては五幕に仕組んで多少の色気を加えたり。今その大意を摘んで申せば、ここにドクトル・ゼキルとて慈仁温厚の医学者あり。家富みて何不足なき身分なれど、好んで医学上の研究に従事したりしが、その友人ドクトル・ランヨンなる者と一日談話中に議論を生じて、およそ人間の性質には善と悪との二あれども、今薬剤の力にてこの善悪を分析し、その一を遊離せしむるを得るや如何と互いに講究を凝らしたる末、ゼキルはかかる薬を発見するの望みなきにあらずと主張して止みしが、その頃よりして倫敦府中に不思議なる怪物を出現したり。この怪物は名をエドワルド・ハイドと呼び、体は至って小さくしてその顔色の獰猛なることほとんど名状すべからず。怒るがごとく怨むがごとく又ことに激したるがごとく、忽然《こつぜん》として現われ忽然として隠れ、往々近寄る者に喰い付き、子供を殺し、婦人を傷つけ、国会議員サー・ダンバルス・カリューを殺したるもまたこの怪鬼なりとの評判ありければ、これを探偵すること厳重なれども、怪鬼は小暗き裏町に一軒の空家を住居として、これに年老いたる下女を置き、平常堅く戸を閉ざして下女さえその起居を詳《つまび》らかにせず。出没変幻迅速にして影を見ること能わざりしが、一夜雨風烈しきにドクトル・ランヨンの門を叩くものあり。何人《なんぴと》ならんと坐に延《ひ》けば、獰猛恐るべき怪鬼なるにぞ、驚いてその来意を問うに、これはエドワルド・ハイドとてドクトル・ゼキルの体内に含む悪性質の塊なりと、持参の薬を取り出してグッと一口飲むや否や今まで鬼なりしエドワルド・ハイドは、たちまち慈仁温厚なるヘンリー・ゼキルと変じたり。ここに於いてランヨンは、ゼキルが善悪分析薬を発見して自ら悪性の怪鬼となりたるを悟りかつ感じかつ驚くと云う、ここが芝居にて喝采を得るところなり。

かくてゼキルが薬を以て体中の善分子を分離せしめ悪一方の人となるときは善の分量だけ減ずるを以てその体もまた小さくなり、満身獰猛疾悪の原素のみとなるが故に人を殺すこと度々なれども、この善悪変化の際に記憶力だけは現存して、善人のゼキルと返りても悪鬼となりて為したる悪を分明に記憶するが故に憂心《ゆうしん》忡々《ちゅうちゅう》として日を渡り、最後探偵方に迫られ一片の遺言書に身を善悪分析薬の試験物となしたる顚末を認《したた》め、毒薬を飲んで自殺するという仕組《しくみ》にして、芝居の方にてはこのゼキルが悪鬼となりて殺したるかの国会議員カリュー氏の娘は、即ちゼキルの情人にしてこの情人の親を殺したるを以て一層後悔の念を強くし、情夫情婦の間に於いて悲喜転変、情緒纏綿の趣を示す等の面白味もあり。

一種想像的の芝居にして、舞台上にてはこのドクトル・ゼキルがミストル・ハイドに変化するその早変わりの妙なること、チャールス・マンスフィールド氏が米国俳優中に於いてその名を得たるところにして、背の低く獰猛なる鬼が、ランヨン国手《こくしゅ》の家に来たりて、本身たるドクトル・ゼキルに立ち返る時は、その獰猛なる顔に手をだに触れず、ただコップの水を呑み、屈みたる腰を立て直す間に、奇なる哉、妙なる哉、この獰猛なる鬼は、慈善温厚なるドクトル・ゼキルと変ずるは、ソモこれ如何なる奇術にや、見物人もほとんどこれを知ること能わず。

この変化不思議については、かつて亜米利加《アメリカ》の新聞記者が、チャールス・マンスフィールド氏を訪い、君の舞台中にて早変わりをなすは、如何なる術ありて然るや、獰猛なる鬼の顔に毫《ごう》もその手を触れずして、たちまち温厚慈仁の人となるは如何と問いたるに、マンスフィールド氏はこれに答えて、これには別に術あるにあらず、ただ余の顔はそのまま鬼となることを得るなり。もしこれに御不審あらば、余は足下の面前にて試みに鬼となるべしとて、にわかに顔色を変えたるに、一個の鬼人、宛然その前に現われたるにぞ、新聞記者も舌を巻いて驚きたる事ありと云う。

チャールス・マンスフィールドが、かかる不思議なる鬼の姿をライセアム座の舞台中に現わしたる時は、あたかも倫敦東部に於いて怪鬼の人を殺したる時なれば、これこそドクトル・ゼキルのごとき者が、善性分離の薬を飲みて、たちまち獰猛なる鬼となり、人を殺して家に帰れば、たちまちまた駆鬼剤《くきざい》を飲みて、元の慈善温厚なる人間となるが故に、巡査の探偵厳重なるも縛《ばく》につかざるものなるべしと、一時婦女子の評判となり、当時非常の喝采を得たりしは、これまた不思議の奇遇なりと云うべし。

マンスフィールド氏は年頃三十五六にてもあらんか、芸に一種の奇骨ありて、ことに一癖ある人物を扮するに長じ、例えばプリンス・カールと題する狂言にて巧みに斜視眼《やぶにらみ》なる日耳曼《ゼルマン》プリンスの態度を示し、またシェークスピヤの作に係るリチャード三世と称する狂言にて、陰険残酷なるリチャード王の性質を写す等、後来恐るべき大俳優となるべしとて、評判ことに高きがごとし。

さるにても、かのドクトル・ゼキル、ミストル・ハイドと云える一人二体の早変わりは、日本の芝居座に移しても随分面白き狂言となるべく、而してこれを扮する者は一も二もなく菊五郎なる哉と云わざるを得ず。居士はこの芝居の原本たるスチヴンソン氏の小説をも持参せり。世上好劇の人ありて、これを舞台に上《のぼ》せんとするの考えあらば、我が日本の芝居社会に、あるいは一奇観を呈することもあらんか。居士の楽しんで見んと欲するところなり。

（一八九〇年、大倉書店刊『英国風俗鏡』より）

※復刻にあたっては読みやすさを考慮し、原文を新字・新かなづかいに改め、改行や句読点の追加、一部の文字を仮名書きに直すなどの補訂を施した。

スティーヴンスン年譜

一八五〇年

一一月一三日、スコットランドの首都エディンバラに生まれる。父はエンジニアのトマス・スティーヴンスン、母はマーガレット・イザベラ・バルフォア。なお、生まれてすぐに与えられた名前はロバート・ルイス（Lewis）・バルフォアだが、一八歳の頃に二番目の名前をLouisと変更、一八七三年には三番目のバルフォアを取り、以後、Robert Louis Stevensonが正式の姓名となる。

一八六四年　一四歳

幼少期からさまざまの病気に悩まされ、いくつかの学校に通っては休みがちの日々を送った。その間、主に家庭教師について学ぶ。そのうちようやく健康状態も若干改善され、この年エディンバラの私立学校に入学して、大学入学までをここで過ごす。

一八六七年　一七歳

一一月にエディンバラ大学に入学して工学を学ぶが、この方面よりもむしろ文学に興味があった。しかし父の反対により、結局、妥協策として法学を学ぶことになるが、学業には身が入らず、大学発行の雑誌の編集者の一人となり、自らもいくつかのエッセイを発表している。なお父との確執の大きな要因としては、宗教をめぐる考え方の違いがあった。すなわち父は熱烈なカルヴィニストで、その厳格な教義に息子は相容れないものを感じていたのである。

一八七三年　二三歳

この年の夏、イングランドのサフォークに滞在していたスティーヴンスンは、大学教授のシドニー・コルヴィンおよびその女友達であるフランセス・シットウェルと出会う。二人はスティーヴンスンの文学的才能を高く評価して、彼を励ます。コルヴィンはさまざまの援助を与え、スコットランド出身の詩人・児童文学作家のアンドルー・ラング(一八四四～一九一二年)と出会うきっかけもつくってくれた。なおこのとき三四歳だったシットウェルにスティーヴンスンは熱烈な恋心を抱き、その後、二年にわたって手紙のやりとりを続ける。

一八七五年　二五歳

最終試験に合格して弁護士になるものの、結局仕事に身が入らず、まもなく文筆方面に精力を注ぐようになって、軽妙で皮肉のこもったエッセイを雑誌に発表するようになる。しかしこの時期も依然として肺疾患に悩まされ、健康面はなかなか改善されることがなかった。

一八七六年　二六歳

健康改善のためフランスに渡り、ここでアメリカ人女性で人妻のフランセス・オズボーン（愛称ファニー）と出会い、やがて二人は熱烈に愛し合うようになる。

一八七九年　二九歳

アメリカに戻ったファニーと会うために、病弱な身体に鞭打って大西洋を渡り、さらに悪夢のような大陸横断の旅の末、サンフランシスコからオークランドへ向かい、ここでファニーと再会する。

一八八〇年　三〇歳

三月、長旅の疲れと貧困で倒れ、死の危機に瀕するが、すでに前夫と離婚が成立していたファニーと五月にめでたく結婚する。その後、この妻と連れ子を伴ってスコットランドに戻るが、肺疾患は依然として続き、医者の勧めでスイスに移る。

一八八一年　三一歳

『宝島』の構想を得てこれを書き始め、この年の一〇月から翌年一月にかけて少年雑誌に「船の料理番あるいは宝島」（‘The Sea Cook, or Treasure Island’）のタイトルで連載された。

一八八三年　三三歳

一一月、『宝島』が出版され、大好評

を得る。

一八八四年　三四歳
二年間の南フランスでの暮らしを経て、この年の七月、イングランド南部のボーンマスに移り、ここで三年間を家族とともに過ごす。

一八八五年　三五歳
共作で戯曲を書くが、評判にならない。そのほかに小説『プリンス・オットー』、子ども向け詩集『児童詩園』を出版。

一八八六年　三六歳
恐怖小説『ジーキル博士とハイド氏』を出版して評判を取る。

一八八七年　三七歳
五月、父が死去。母と妻、息子などとともにアメリカへ行く。

一八八八年　三八歳
六月、家族とともに南太平洋に向けて旅立ち、マルケサス諸島を経て九月にタヒチに到る。翌年一月にはハワイに到着した。ちなみにこの旅は肺の病に苦しむスティーヴンスンの療養を兼ねてのことで、健康状態もやや改善された。

一八八九年　三九歳
サモア諸島に到り、ここのアピア近郊に居を構えて、そこが終の棲家となる。『バラントレーの若殿』出版。以後、南海を舞台にした作品、あるいは怪奇短編小説を数多く書いた。なお、土地の人々からは「物語の語り手」として慕われ、評判となる。

一八九二年　四二歳

『歴史への脚注』出版。帝国主義列強の手で翻弄されるこのルポルタージュは、近年注目を集めている。

一八九四年　四四歳

小説『引き潮』出版。長年の肺疾患、以前から情緒不安定だった妻との生活、生計を立てるために執筆を続けるストレスなどが重なって、一二月に急死。

訳者あとがき

出典を外国文学に借りて、わが国でいちばん人口《じんこう》に膾炙《かいしゃ》している慣用句は、「ハムレット的心境」と「ジーキル・ハイドの二重人格」だろう。その昔、ハムレットの“To be, or not to be”は、なぜか（本当になぜか）田舎の中学生も知っていて、もとより中等英語教科書なんかに出てくるはずもなく、使いどころをわきまえるわけでもないのに、気取ったつもりの抑揚をつけては、原語（！）でよく口にした。そんなころに三年生全員、教師に引率されて汽車で二駅、洋画上映館がある町へローレンス・オリヴィエの『ハムレット』を見に行った。学校に帰った悪童連がたちまちはじめたのが、大詰めの剣戟シーン、破れ番傘の竹骨を剣にして、大河内傳次郎の殺陣《たて》とはだいぶ勝手のちがうチャンバラに、連日興じて倦むことがなかった。そのうち高校生になって、だれの訳だったのか、「ある、あらぬ、それが問題じゃ」というのを読み、そのときはなんとも思わなかったが、それをアメリカのジャーナリストが揶揄して、

「アリマス、アリマセン、アレハナンデスカ」といったというのを後日知り、友人と大笑いした。三百五十年の時間と、地球の裏側までの距離をへだてて、田舎高校生爆笑のねたをのこす。さすが沙翁、さすが古今東西にぬきんでる名作。

オリヴィエ以後の『ハムレット』は、テレビ時代になって仲代達矢のを劇場中継で見たり、芸術座で片岡孝夫（現・十五代目仁左衛門）の歌舞伎調デンマーク王子にあっけにとられたり、NHK『シェイクスピア劇場』の字幕翻訳を担当した縁で、日本語版製作工程上何度も見るから、デレク・ジャコビの演技に何度も感嘆した。

それが『ジーキル博士とハイド氏』となると、名優ジョン・バリモア主演『狂へる悪魔』を初回として、映画化されること数十回におよび、二作目の『ジキル博士とハイド』では、フレドリック・マーチがアカデミー主演男優賞を取ったときくのに、わたしはなにも見ていない。おなじスティーヴンスンでも、『宝島』なら各国語のジューヴナイル版があって、今も昔も世界じゅうの少年の血をわかせているが、『ジーキル』にはすぐれたそれが少ないせいも多分あるのだろう、慣用句が闊歩しているわりには、身辺をたずねても原作を読んだ人がひとりもいない。恥ずかしいから白状をここまで引きのばしたが、なにを隠そう、わたし自身、原典はもとより邦訳も読んでいなかった。古典新訳文庫から翻訳の打診をもらってから、はじめて原書をひもとき、先人の訳業にもあたったが、自信がなくて原書再読、訳書もほかに何冊か読んで、ようやく、それでもまだ頭の隅に不安をのこしながらお引き受けした。

『宝島』が世に出たのが一八八三年、こちらはその三年後だが、これがおなじ作者の文章かと思うほど趣を異にする。それはそうだ。あちらは舞台が紺碧の空、紺碧の海、白砂青松、燦《さん》たる陽光、白帆に白波、そして最後には金銀財貨がきらめく。こちらはなにが起きるのもたいてい真夜中、人物が外を歩き人を訪ねるのも夜ふけ、屋内でなにかするのも深夜、午後の霧までが泥にごりしたような暗色だ。そんな黒いゴシック小説の舞台では、街灯、ろうそく、薪火、夜空の星座、巡査の持つ半球レンズのランプは、どれも闇を照らすよりは、悪徳と邪気に満ちた暗黒をきわだたせる小道具である。作中〈黒い〉や〈暗い〉の形容詞が頻出し、最初の章に出るゆすりの家までが——翻訳では黒が消えてしまうが——Blackmail House だ。

主人公の名の日本語表記は、かつてはジキルが多かったように思うが、いまはジーキルが一般的である。作者スティーヴンスン自身、刊行の翌年にアメリカで新聞記者に発音をきかれ、「ジーキルだ」とこたえている。Jekyll はフランス語の je と英語の

killの合成語で、「われ殺す」の含意を持つとは、よくいわれるらしいが、面白いというより阿呆らしいこじつけで、それよりはまだ、Dr.－kyllの尊称と凶悪性の取り合わせのほうがうなずける。人命を救う医者と、人命を奪う殺人者――救命と命取り――戯訳すれば「救命取」だが、品下《しなくだ》る日本語では洒落にもならない。ひきかえHydeのほうは、アタスンならずとも、隠れる男《ミスター・ハイド》という裏の意味をだれでもすぐに連想する。さらに一歩進めて、隠れる（hide）とおなじスペリングの「獣皮」を持ち出し、ハイドの動物性をあらわすと深読みする研究者もいる。「狂暴な猿」の比喩が、とりあえずの具体例なのだろう。

深読みといえば、こんなのもある。作品冒頭、アタスン弁護士の人物描写のくだりに、「ときには、非道を働く人の旺盛な精神力に舌を巻き、羨望《せんぼう》すら覚えた」の一行が見えるが、原文は sometimes wondering, almost with envy, at the high pressure of spirits involved in their misdeeds だ。指摘者はこのmisdeedsを性的犯罪だと推量するのである。だとすると、ここは「ときには、性的犯罪を犯す男の精力絶倫ぶりに舌を巻き、羨望すら覚えた」と訳さなくてはならない。根拠は「羨望」の一語にあるらしいのだが、なかなか素直にそうは訳せなかった。評伝や注釈書の一冊二冊に目を通したぐらいではなにも断定できないが、まだまだいろんな語句分析や、うがった解釈があるにちがいない。長寿の名作なればこそだろう。なにしろ刊行半年にして、本国イギリスだけで四万部売れた大ベストセラーだから、研究書や伝記のあいつぐにぎにぎしさに不思議はない。四万読者のなかには、時の宰相とヴィクトリア女王もいた。

スティーヴンスンは女の書きかたがまずいといわれるが、他の作品は知らず、『宝島』と『ジーキル』は、登場人物に女を必要としない、というより、女の登場が邪魔になる作品である。前者に出てくるのは、主人公ジム少年の母親だけだが、そちらは航海と海賊の物語だから当然として、後者ではどうか。口をきく人物としては、少女がひとり、若いメイドがふたり、料理女がひとり、老家政婦がひとり登場するが、窓下の惨劇を目撃したメイドは、その証言が半間接話法で語られるだけ、少女ともうひとりのメイドは、ただわあわあ泣きわめくだけ、料理女と老家政婦にはひとことずつ台詞があたえられているものの、五人ともほんの端役にすぎない。理由ははっきりしている。主要登場人物が独身男でなくては都合が悪いからだ。妻帯者では夜な夜な気軽に出歩けず、変な人物が訪ねてきたとき、妻子に顔を出されてはまずい。だから物語の中心人物、弁護士とふたりの医師は、三人が三人みな独り者なのだ。若いエンフィールドにしても、ハイドの残虐行為を目撃するのが午前三時、「浮世のはずれみたいなところから」の帰り（coming home from some place at the end of the world）で、なにやらいわくありげな言い回しは、あえて勘ぐれば、独り身の悪所帰りをほのめかすのかもしれない。

肝心の二重人格や変身願望に関しては、訳者の駄言は駄言にしかならぬから、こまごましいことばかり、受け売り半分で書きならべたが、一筋縄ではいかぬ仕掛けやシンボリックな陰影も多く、読み直すたびにあたらしい発見があって、小冊ながら熟読玩味に耐える作品であることは、しかと断言できる。

最初にすぐれたジューヴナイル版が少ないといったが、じつは少なくともひとつあった。百々佑利子訳『ジキル博士とハイド氏』（ポプラ社）だ。原作を余さず理解した訳者が、小学校上級以上向けにじつに巧みに書き直したもので、間然するところがなく、わたしも訳していて多くを教わった。初版は一九八五年とあるから、すでに四半世紀前、これだけの逸品があったのだ。羨ましい訳業である。グリム童話に、魔法使いのおばあさんが、あれはなにを煮沸していたのか、釜から白煙だか黒煙だかが、もくもく立ち昇る面妖な場面があって、何度読んでも（戦争中の乏しい本棚だから、おなじ一冊を何度もくりかえし読んだ）ぞくぞくする興奮を覚えたのを、このとしになってもほとんど生理的に記憶する。ジーキルも深夜に白煙を噴出させ、ハイドは子どもが思わず興奮してしまうシーンを再三演じて見せるから、『ジーキル博士とハイド氏』のジューヴナイルも、親や先生や図書館の指導よろしきを得たら、本好きの子どもにはきっと愛読される。児童書出版社もぜひこの作品を伝えていってほしい。

kobunsha classics
光文社古典新訳文庫

ジーキル博士《はかせ》とハイド氏《し》

著者 スティーヴンスン
訳者 村上《むらかみ》 博基《ひろき》

2009年11月20日 初版第1刷発行
2024年12月30日 第5刷発行

発行者 三宅貴久
印刷 新藤慶昌堂
製本 ナショナル製本

発行所 株式会社光文社
〒112-8011東京都文京区音羽1-16-6
電話 03(5395)8162(編集部)
03(5395)8116(書籍販売部)
03(5395)8125(制作部)
www.kobunsha.com

ISBN978-4-334-75195-1 Printed in Japan

いま、息をしている言葉で、もういちど古典を

長い年月をかけて世界中で読み継がれてきたのが古典です。奥の深い味わいある作品ばかりがそろっており、この「古典の森」に分け入ることは人生のもっとも大きな喜びであることに異論のある人はいないはずです。しかしながら、こんなに豊饒で魅力に満ちた古典を、なぜわたしたちはこれほどまで疎んじてきたのでしょうか。

ひとつには古臭い教養主義からの逃走だったのかもしれません。真面目に文学や思想を論じることは、ある種の権威化であるという思いから、その呪縛から逃れるために、教養そのものを否定しすぎてしまったのではないでしょうか。

いま、時代は大きな転換期を迎えています。まれに見るスピードで歴史が動いていくのを多くの人々が実感していると思います。

こんな時わたしたちを支え、導いてくれるものが古典なのです。「いま、息をしている言葉で」——光文社の古典新訳文庫は、さまよえる現代人の心の奥底まで届くような言葉で、古典を現代に蘇らせることを意図して創刊されました。気取らず、自由に、心の赴くままに、気軽に手に取って楽しめる古典作品を、新訳という光のもとに読者に届けていくこと。それがこの文庫の使命だとわたしたちは考えています。

このシリーズについてのご意見、ご感想、ご要望をハガキ、手紙、メール等で翻訳編集部までお寄せください。今後の企画の参考にさせていただきます。
メール　info@kotensinyaku.jp

光文社古典新訳文庫　好評既刊

ドリアン・グレイの肖像

ワイルド／仁木《にき》めぐみ◉訳

美貌の青年ドリアンに魅了される画家バジル。ドリアンを快楽に導くヘンリー卿。堕落しても美しいままのドリアン。その秘密は彼の肖像画に隠されていたのだった。（解説・日高真帆）

フランケンシュタイン

シェリー／小林章夫《こばやしあきお》◉訳

天才科学者フランケンシュタインによって生命を与えられた怪物は、人間の理解と愛を求めるが、醜悪な姿ゆえに疎外され…。これまでの作品イメージを一変させる新訳！

キム

キプリング／木村政則《きむらまさのり》◉訳

英国人孤児のキムは、チベットから来た老僧に感化され、聖なる川を探す旅に同道することにしたが…。植民地時代のインドを舞台に描かれる、ノーベル賞作家の代表的長篇。

人間のしがらみ（上）

モーム／河合祥一郎《かわいしょういちろう》◉訳

幼くして両親を亡くした主人公フィリップ。芸術家を夢見てパリ、就職を見据えてロンドンと、理想と現実の狭間でもがくなか、ひとりの女性に出会い、感情を大きく動かされる。

人間のしがらみ（下）

モーム／河合祥一郎《かわいしょういちろう》◉訳

ミルドレッドへの思いを断ち切ったフィリップに訪れる新しい出会いと思わぬ再会。そして、ある一家との交際が彼の人生に大きく影響を与えて……。20世紀英文学の代表的傑作。

宝島

スティーヴンスン／村上博基《むらかみひろき》◉訳

「ベンボウ提督亭」を手助けしていたジム少年は、大地主のトリローニ、医者のリヴジーたちと宝の眠る島へ。だが、コックのシルヴァーは、悪名高き海賊だった…。（解説・小林章夫）

光文社古典新訳文庫　好評既刊

ヒューマン・コメディ
サローヤン／小川《おがわ》敏子《としこ》◉訳
戦時下、マコーリー家では父が死に、長兄も出征し、14歳のホーマーが電報配達をして家計を支えている。少年と町の人々の悲喜交々を笑いと涙で描いた物語。（解説・舌津智之）

ロビンソン・クルーソー
デフォー／唐戸《からと》信嘉《のぶよし》◉訳
無人島に漂着したロビンソンは、限られた資源を駆使し、創意工夫と不屈の精神で、二十八年も独りで暮らすことになるが…。「英国初の小説」と呼ばれる傑作。挿絵70点収録。

ねじの回転
ジェイムズ／土屋《つちや》政雄《まさお》◉訳
両親を亡くし、伯父の屋敷に身を寄せる兄妹。奇妙な条件のもと、その家庭教師として雇われた「わたし」は、邪悪な亡霊を目撃する。その正体を探ろうとするが──。（解説・松本 朗）

トム・ソーヤーの冒険
トウェイン／土屋《つちや》京子《きょうこ》◉訳
悪さと遊びの天才トムは、ある日親友ハックと夜の墓地に出かけ、偶然に殺人現場を目撃してしまう…。小さな英雄の活躍を瑞々しく描くアメリカ文学の金字塔。（解説・都甲幸治）

怪　談
ラフカディオ・ハーン／南條《なんじょう》竹則《たけのり》◉訳
「耳なし芳一の話」「ろくろ首」「雪女」など、日本各地に伝わる伝承や文献から創作した17編の怪談を収めた『怪談』と、「蝶」「蚊」「蟻」の3編のエッセイを収めた『虫の研究』の2部構成。

八月の光
フォークナー／黒原《くろはら》敏行《としゆき》◉訳
米国南部の町ジェファソンで、それぞれの「血」に呪われたように生きる人々の生は、やがて一連の壮絶な事件へと収斂していく。ノーベル賞受賞作家の代表作。（解説・中野学而）